Повести и рассказы

Федор Достоевский

Повести и рассказы

ISNB: 978-1-64439-672-8

СОДЕРЖАНИЕ

СОДЕРЖАНИЕ

КРОТКАЯ

Фантастический рассказ

ГЛАВА ПЕРВАЯ

ОТ АВТОРА

Я прошу извинения у моих читателей, что на сей раз вместо "Дневника" в обычной его форме даю лишь повесть. Но я действительно занят был этой повестью большую часть месяца. Во всяком случае прошу снисхождения читателей.

Теперь о самом рассказе. Я озаглавил его "фантастическим", тогда как считаю его сам в высшей степени реальным. Но фантастическое тут есть действительно, и именно в самой форме рассказа, что и нахожу нужным пояснить предварительно.

Дело в том, что это не рассказ и не записки. Представьте себе мужа, у которого лежит на столе жена, самоубийца, несколько часов перед тем выбросившаяся из окошка. Он в смятении и еще не успел собрать своих мыслей. Он ходит по своим комнатам и старается осмыслить случившееся, "собрать свои мысли в точку". Притом это закоренелый ипохондрик, из тех, что говорят сами с собою. Вот он и говорит сам с собой, рассказывает дело, уясняет себе его. Несмотря на кажущуюся последовательность речи, он несколько раз противуречит себе, и в логике и в чувствах. Он и оправдывает себя, и обвиняет ее, и пускается в посторонние разъяснения: тут и грубость мысли и сердца, тут и глубокое чувство. Мало—помалу он действительно уясняет себе дело и собирает "мысли в точку". Ряд вызванных им воспоминаний неотразимо приводит его наконец к правде; правда неотразимо возвышает его ум и сердце. К концу даже тон рассказа изменяется сравнительно с беспорядочным началом его. Истина открывается несчастному довольно ясно и определительно, по крайней мере для него самого.

Вот тема. Конечно, процесс рассказа продолжается несколько часов, с урывками и перемежками и в форме сбивчивой: то он говорит сам себе, то обращается как бы к невидимому слушателю, к какому—то судье. Да так всегда и бывает в действительности. Если б мог подслушать его и всё записать за ним стенограф, то вышло бы несколько шершавее, необделаннее, чем представлено у меня, но, сколько мне кажется, психологический порядок, может быть, и остался бы тот же самый. Вот это предположение о записавшем всё стенографе (после которого я обделал бы записанное) и есть то, что я называю в этом рассказе фантастическим. Но отчасти подобное уже не раз допускалось в искусстве: Виктор Гюго, например, в своем шедевре "Последний день приговоренного к смертной казни" употребил почти такой же прием и хоть и не вывел стенографа, но допустил еще большую неправдоподобность, предположив, что приговоренный к казни может(и имеет время) вести записки не только в последний день свой, но даже в последний час и буквально в последнюю минуту. Но не допусти он этой фантазии, не существовало бы и самого произведения — самого реальнейшего и самого правдивейшего произведения из всех им написанных.

I

КТО БЫЛ Я И КТО БЫЛА ОНА

...Вот пока она здесь — еще всё хорошо: подхожу и смотрю поминутно; а унесут завтра и — как же я останусь один? Она теперь в зале на столе, составили два ломберных, а гроб будет завтра, белый, белый гроденапль, а впрочем, не про то... Я всё хожу и хочу себе уяснить это. Вот уже шесть часов, как я хочу уяснить и всё не соберу в точку мыслей. Дело в том, что я всё хожу, хожу, хожу... Это вот как было. Я просто расскажу по порядку. (Порядок!) Господа, я далеко не литератор, и вы это видите, да и пусть, а расскажу, как сам понимаю. В том—то и весь ужас мой, что я всё понимаю!

Это если хотите знать, то есть если с самого начала брать, то она просто—запросто приходила ко мне тогда закладывать вещи, чтоб оплатить публикацию в "Голосе" о том, что вот, дескать, таки так, гувернантка, согласна и в отъезд, и уроки давать на дому, и проч., и проч. Это было в самом начале, и я,

2

конечно, не различал ее от других: приходит как все, ну и прочее. А потом стал различать. Была она такая тоненькая, белокуренькая, средне—высокого роста; со мной всегда мешковата, как будто конфузилась (я думаю, и со всеми чужими была такая же, а я, разумеется, ей был всё равно что тот, что другой, то есть если брать как не закладчика, а как человека). Только что получала деньги, тотчас же повертывалась и уходила. И всё молча. Другие так спорят, просят, торгуются, чтоб больше дали; эта нет, что дадут... Мне кажется, я всё путаюсь... Да; меня прежде всего поразили ее вещи: серебряные позолоченные сережечки, дрянненький медальончик — вещи в двугривенный. Она и сама знала, что цена им гривенник, но я по лицу видел, что они для нее драгоценность, — и действительно, это всё, что оставалось у ней от папаши и мамаши, после узнал. Раз только я позволил себе усмехнуться на ее вещи. То есть, видите ли, я этого себе никогда не позволяю, у меня с публикой тон джентльменский: мало слов, вежливо и строго. "Строго, строго и строго". Но она вдруг позволила себе принести остатки (то есть буквально) старой заячьей куцавейки, — и я не удержался и вдруг сказал ей что—то, вроде как бы остроты. Батюшки, как вспыхнула! Глаза у ней голубые, большие, задумчивые, но — как загорелись! Но ни слова не выронила, взяла свои "остатки" и — вышла. Тут—то я и заметил ее в первый раз особенно и подумал что—то о ней в этом роде, то есть именно что—то в особенном роде. Да; помню и еще впечатление, то есть, если хотите, самое главное впечатление, синтез всего: именно что ужасно молода, так молода, что точно четырнадцать лет. А меж тем ей тогда уж было без трех месяцев шестнадцать. А впрочем, я не то хотел сказать, вовсе не в том был синтез. Назавтра опять пришла. Я узнал потом, что она у Добронравова и у Мозера с этой куцавейкой была, но те, кроме золота, ничего не принимают и говорить не стали. Я же у ней принял однажды камей (так, дрянненький) — и, осмыслив, потом удивился: я, кроме золота и серебра, тоже ничего не принимаю, а ей допустил камей. Это вторая мысль об ней тогда была, это я помню.

В этот раз, то есть от Мозера, она принесла сигарный янтарный мундштук — вещица так себе, любительская, но у нас опять—таки ничего не стоящая, потому что мы — только золото. Так как она приходила уже после вчерашнего бунта, то я встретил ее строго. Строгость у меня — это сухость. Однако же, выдавая ей два рубля, я не удержался и сказал как бы с некоторым раздражением: "Я ведь это только для вас, а такую вещь у вас Мозер не примет". Слово "для вас" я особенно

3

подчеркнул, и именно в некотором смысле. Зол был. Она опять вспыхнула, выслушав это "для вас", но смолчала, не бросила денег, приняла, — то—то бедность! А как вспыхнула! Я понял, что уколол. А когда она уже вышла, вдруг спросил себя: так неужели же это торжество над ней стоит двух рублей? Хе—хе—хе! Помню, что задал именно этот вопрос два раза: "Стоит ли? стоит ли?" И, смеясь, разрешил его про себя в утвердительном смысле. Очень уж я тогда развеселился. Но это было не дурное чувство: я с умыслом, с намерением; я ее испытать хотел, потому что у меня вдруг забродили некоторые на ее счет мысли. Это была третья особенная моя мысль об ней.

...Ну вот с тех пор всё и началось. Разумеется, я тотчас же постарался разузнать все обстоятельства стороной и ждал ее прихода с особенным нетерпением. Я ведь предчувствовал, что она скоро придет. Когда пришла, я вступил в любезный разговор с необычайною вежливостью. Я ведь недурно воспитан и имею манеры. Гм. Тут—то я догадался, что она добра и кротка. Добрые и кроткие недолго сопротивляются и хоть вовсе не очень открываются, но от разговора увернуться никак не умеют: отвечают скупо, но отвечают, и чем дальше, тем больше, только сами не уставайте, если вам надо. Разумеется, она тогда мне сама ничего не объяснила. Это потом уже про "Голос" и про всё я узнал. Она тогда из последних сил публиковалась, сначала, разумеется, заносчиво: "Дескать, гувернантка, согласна в отъезд, и условия присылать в пакетах", а потом: "Согласна на всё, и учить, и в компаньонки, и за хозяйством смотреть, и за больной ходить, и шить умею", и т. д., и т. д., всё известное! Разумеется, всё это прибавлялось к публикации в разные приемы, а под конец, когда к отчаянию подошло, так даже и "без жалованья, из хлеба". Нет, не нашла места! Я решился ее тогда в последний раз испытать: вдруг беру сегодняшний "Голос" и показываю ей объявление: "Молодая особа, круглая сирота, ищет места гувернантки к малолетним детям, преимущественно у пожилого вдовца. Может облегчить в хозяйстве".

— Вот, видите, эта сегодня утром публиковалась, а к вечеру наверно место нашла. Вот как надо публиковаться!

Опять вспыхнула, опять глаза загорелись, повернулась и тотчас ушла. Мне очень понравилось. Впрочем, я был тогда уже во всем уверен и не боялся: мундштуки—то никто принимать не станет. А у ней и мундштуки уже вышли. Так и есть, на третий день приходит, такая бледненькая, взволнованная, — я понял, что у ней что—то вышло дома, и действительно вышло. Сейчас объясню, что вышло, но теперь хочу лишь припомнить, как я вдруг ей тогда шику задал и вырос в ее глазах. Такое у меня вдруг явилось намерение. Дело в том, что она принесла этот образ (решилась принести)... Ах, слушайте! слушайте! Вот теперь уже началось, а то я всё путался... Дело в том, что я теперь всё это хочу припомнить, каждую эту мелочь, каждую черточку. Я всё хочу в точку мысли собрать и — не могу, а вот эти черточки, черточки...

Образ богородицы. Богородица с младенцем, домашний, семейный, старинный, риза серебряная золоченая — стоит — ну, рублей шесть стоит. Вижу, дорог ей образ, закладывает весь образ, ризы не снимая. Говорю ей: лучше бы ризу снять, а образ унесите; а то образ все—таки как—то того.

— А разве вам запрещено?

— Нет, не то что запрещено, а так, может быть, вам самим...

— Ну, снимите.

— Знаете что, я не буду снимать, а поставлю вон туда в киот, — сказал я, подумав, — с другими образами, под лампадкой (у меня всегда, как открыл кассу, лампадка горела), и просто—запросто возьмите десять рублей.

— Мне не надо десяти, дайте мне пять, я непременно выкуплю.

— А десять не хотите? Образ стоит, — прибавил я, заметив, что опять глазки сверкнули. Она смолчала. Я вынес ей пять рублей.

— Не презирайте никого, я сам был в этих тисках, да еще похуже—с, и если теперь вы видите меня за таким занятием... то ведь это после всего, что я вынес...

— Вы мстите обществу? Да? — перебила она меня вдруг с довольно едкой насмешкой, в которой было, впрочем, много невинного (то есть общего, потому что меня она решительно тогда от других не отличала, так что почти безобидно сказала). "Ага! — подумал я, — вот ты какая, характер объявляется, нового направления".

— Видите, — заметил я тотчас же полушутливо—полутаинственно. — "Я — я есмь часть той части целого, которая хочет делать зло, а творит добро..."

Она быстро и с большим любопытством, в котором, впрочем, было много детского, посмотрела на меня:

— Постойте... Что это за мысль? Откуда это? Я где—то слышала...

— Не ломайте головы, в этих выражениях Мефистофель рекомендуется Фаусту. "Фауста" читали?

— Не... невнимательно.

— То есть не читали вовсе. Надо прочесть. А впрочем, я

5

вижу опять на ваших губах насмешливую складку. Пожалуйста, не предположите во мне так мало вкуса, что я, чтобы закрасить мою роль закладчика, захотел отрекомендоваться вам Мефистофелем. Закладчик закладчиком и останется. Знаем—с.

— Вы какой—то странный... Я вовсе не хотела вам сказать что—нибудь такое...

Ей хотелось сказать: я не ожидала, что вы человек образованный, но она не сказала, зато я знал, что она это подумала; ужасно я угодил ей.

— Видите, — заметил я, — на всяком поприще можно делать хорошее. Я конечно не про себя, я, кроме дурного, положим, ничего не делаю, но...

— Конечно можно делать и на всяком месте хорошее, — сказала она, быстрым и проникнутым взглядом смотря на меня. —Именно на всяком месте, — вдруг прибавила она. О, я помню, я все эти мгновения помню! И еще хочу прибавить, что когда эта молодежь, эта милая молодежь, захочет сказать что—нибудь такое умное и проникнутое, то вдруг слишком искренно и наивно покажет лицом, что "вот, дескать, я говорю тебе теперь умное и проникнутое",—и не то чтоб из тщеславия, как наш брат, а таки видишь, что она сама ужасно ценит всё это, и верует, и уважает, и думает, что и вы всё это точно так же, как она, уважаете. О искренность! Вот тем—то и побеждают. А в ней как было прелестно!

Помню, ничего не забыл! Когда она вышла, я разом порешил. В тот же день я пошел на последние поиски и узнал об ней всю остальную, уже текущую подноготную; прежнюю подноготную я знал уже всю от Лукерьи, которая тогда служила у них и которую я уже несколько дней тому подкупил. Эта подноготная была так ужасна, что я и не понимаю, как еще можно было смеяться, как она давеча, и любопытствовать о словах Мефистофеля, сама будучи под таким ужасом. Но — молодежь! Именно это подумал тогда об ней с гордостью и с радостью, потому что тут ведь и великодушие: дескать, хоть и на краю гибели, а великие слова Гете сияют. Молодость всегда хоть капельку и хоть в кривую сторону да великодушна. То есть я ведь про нее, про нее одну. И главное, я тогда смотрел уж на нее как на мою и не сомневался в моем могуществе. Знаете, пресладострастная это мысль, когда уж не сомневаешься—то.

Но что со мной? Если я так буду, то когда я соберу все в точку? Скорей, скорей — дело совсем не в том, о боже!

БРАЧНОЕ ПРЕДЛОЖЕНИЕ

"Подноготную", которую я узнал об ней, объясню в одном слове: отец и мать померли, давно уже, три года перед тем, а осталась она у беспорядочных теток. То есть их мало назвать беспорядочными. Одна тетка вдова, многосемейная, шесть человек детей, мал мала меньше, другая в девках, старая, скверная. Обе скверные. Отец ее был чиновник, но из писарей, и всего лишь личный дворянин — одним словом: всё мне на руку. Я являлся как бы из высшего мира: всё же отставной штабс—капитан блестящего полка, родовой дворянин, независим и проч., а что касса ссуд, то тетки на это только с уважением могли смотреть. У теток три года была в рабстве, но все—таки где—то экзамен выдержала, — успела выдержать, урвалась выдержать, из—под поденной безжалостной работы, — а это значило же что—нибудь в стремлении к высшему и благородному с ее стороны! Я ведь для чего хотел жениться? А впрочем, обо мне наплевать, это потом... И в этом ли дело! Детей теткиных учила, белье шила, а под конец не только белье, а, с ее грудью, и полы мыла. Попросту они даже ее били, попрекали куском. Кончили тем, что намеревались продать. Тьфу! опускаю грязь подробностей. Потом она мне всё подробно передала. Всё это наблюдал целый год соседний толстый лавочник, но не простой лавочник, а с двумя бакалейными. Он уж двух жен усахарил и искал третью, вот и наглядел ее: "Тихая, дескать, росла в бедности, а я для сирот женюсь". Действительно, у него были сироты. Присватался, стал сговариваться с тетками, к тому же — пятьдесят лет ему; она в ужасе. Вот тут—то и зачастила ко мне для публикаций в "Голосе". Наконец, стала просить теток, чтоб только самую капельку времени дали подумать. Дали ей эту капельку, но только одну, другой не дали, заели: "Сами не знаем, что жрать и без лишнего рта". Я уж это всё знал, а в тот день после утрешнего и порешил. Тогда вечером приехал купец, привез из лавки фунт конфет в полтинник; она с ним сидит, а я вызвал из кухни Лукерью и велел сходить к ней шепнуть, что я у ворот и желаю ей что—то сказать в самом неотложном виде. Я собою остался доволен. И вообще я весь тот день был ужасно доволен.

Тут же у ворот ей, изумленной уже тем, что я ее вызвал, при Лукерье, я объяснил, что сочту за счастье и за честь... Во—

вторых, чтоб не удивлялась моей манере и что у ворот: "Человек, дескать, прямой и изучил обстоятельства дела". И я не врал, что прямой. Ну, наплевать. Говорил же я не только прилично, то есть выказав человека с воспитанием, но и оригинально, а это главное. Что ж, разве в этом грешно признаваться? Я хочу себя судить и сужу. Я должен говорить pro и contra, и говорю. Я и после вспоминал про то с наслаждением, хоть это и глупо: я прямо объявил тогда, без всякого смущения, что, во—первых, не особенно талантлив, не особенно умен, может быть, даже не особенно добр, довольно дешевый эгоист (я помню это выражение, я его, дорогой идя, тогда сочинил и остался доволен) и что — очень, очень может быть — заключаю в себе много неприятного и в других отношениях. Всё это сказано было с особенного рода гордостью, — известно, как это говорится. Конечно, я имел настолько вкуса, что, объявив благородно мои недостатки, не пустился объявлять о достоинствах: "Но, дескать, взамен того имею то—то, то—то и это—то". Я видел, что она пока еще ужасно боится, но я не смягчил ничего, мало того, видя, что боится, нарочно усилил: прямо сказал, что сыта будет, ну а нарядов, театров, балов — этого ничего не будет, разве впоследствии, когда цели достигну. Этот строгий тон решительно увлекал меня. Я прибавил, и тоже как можно вскользь, что если я и взял такое занятие, то есть держу эту кассу, то имею одну лишь цель, есть, дескать, такое одно обстоятельство... Но ведь я имел право так говорить: я действительно имел такую цель и такое обстоятельство. Постойте, господа, я всю жизнь ненавидел эту кассу ссуд первый, но ведь, в сущности, хоть и смешно говорить самому себе таинственными фразами, а я ведь "мстил же обществу", действительно, действительно, действительно! Так что острота ее утром насчет того, что я "мщу", была несправедлива. То есть, видите ли, скажи я ей прямо словами: "Да, я мщу обществу", и она бы расхохоталась, как давеча утром, и вышло бы в самом деле смешно. Ну а косвенным намеком, пустив таинственную фразу, оказалось, что можно подкупить воображение. К тому же я тогда уже ничего не боялся: я ведь знал, что толстый лавочник во всяком случае ей гаже меня и что я, стоя у ворот, являюсь освободителем. Понимал же ведь я это. О, подлости человек особенно хорошо понимает! Но подлости ли? Как ведь тут судить человека? Разве не любил я ее даже тогда уже?

Постойте: разумеется, я ей о благодеянии тогда ни полслова; напротив, о, напротив: "Это я, дескать, остаюсь облагодетельствован, а не вы". Так что я это даже словами выразил, не удержался, и вышло, может быть, глупо, потому что заметил беглую складку в лице. Но в целом решительно выиграл. Постойте, если всю эту грязь припоминать, то припомню и последнее свинство: я стоял, а в голове шевелилось: ты высок, строен, воспитан и — и наконец, говоря без фанфаронства, ты недурен собой. Вот что играло в моем уме. Разумеется, она тут же у ворот сказала мне "да". Но... но я должен прибавить: она тут же у ворот долго думала, прежде чем сказала "да". Так задумалась, так задумалась, что я уже спросил было: "Ну что ж?" — и даже не удержался, с этаким шиком спросил: "Ну что же—с?" — с словоерсом.

— Подождите, я думаю.

И такое у ней было серьезное личико, такое — что уж тогда бы я мог прочесть! А я—то обижался: "Неужели, думаю, она между мной и купцом выбирает?" О, тогда я еще не понимал! Я ничего, ничего еще тогда не понимал! До сегодня не понимал! Помню, Лукерья выбежала за мною вслед, когда я уже уходил, остановила на дороге и сказала впопыхах: "Бог вам заплатит, сударь, что нашу барышню милую берете, только вы ей это не говорите, она гордая".

Ну, гордая! Я, дескать, сам люблю горденьких. Гордые особенно хороши, когда... ну, когда уж не сомневаешься в своем над ними могуществе, а? О, низкий, неловкий человек! О, как я был доволен! Знаете, ведь у ней, когда она тогда у ворот стояла задумавшись, чтоб сказать мне "да", а я удивлялся, знаете ли, что у ней могла быть даже такая мысль: "Если уж несчастье и там и тут, так не лучше ли прямо самое худшее выбрать, то есть толстого лавочника, пусть поскорей убьет пьяный до смерти!" А? Как вы думаете, могла быть такая мысль?

Да и теперь не понимаю, и теперь ничего не понимаю! Я сейчас только что сказал, что она могла иметь эту мысль: что из двух несчастий выбрать худшее, то есть купца? А кто был для нее тогда хуже — я аль купец? Купец или закладчик, цитующий Гете? Это еще вопрос! Какой вопрос? И этого не понимаешь: ответ на столе лежит, а ты говоришь "вопрос"! Да и наплевать на меня! Не во мне совсем дело... А кстати, что для меня теперь — во мне или не во мне дело? Вот этого так уж совсем решить не могу. Лучше бы спать лечь. Голова болит...

БЛАГОРОДНЕЙШИЙ ИЗ ЛЮДЕЙ,
НО САМ ЖЕ И НЕ ВЕРЮ

Не заснул. Да и где ж, стучит какой—то пульс в голове. Хочется всё это усвоить, всю эту грязь. О, грязь! О, из какой грязи я тогда ее вытащил! Ведь должна же она была это понимать, оценить мой поступок! Нравились мне тоже разные мысли, например, что мне сорок один, а ей только что шестнадцать. Это меня пленяло, это ощущение неравенства, очень сладостно это, очень сладостно.

Я, например, хотел сделать свадьбу а l'anglaise, то есть решительно вдвоем, при двух разве свидетелях, из коих одна Лукерья, и потом тотчас в вагон, например хоть в Москву (там у меня кстати же случилось дело), в гостиницу, недели на две. Она воспротивилась, она не позволила, и я принужден был ездить к теткам с почтением, как к родственницам, от которых беру ее. Я уступил, и теткам оказано было надлежащее. Я даже подарил этим тварям по сту рублей и еще обещал, ей, разумеется, про то не сказавши, чтобы не огорчить ее низостью обстановки. Тетки тотчас же стали шелковые. Был спор и о приданом: у ней ничего не было, почти буквально, но она ничего и не хотела. Мне, однако же, удалось доказать ей, что совсем ничего — нельзя, и приданое сделал я, потому что кто же бы ей что сделал? Ну, да наплевать обо мне. Разные мои идеи, однако же, я ей все—таки успел тогда передать, чтобы знала по крайней мере. Поспешил даже, может быть. Главное, она с самого начала, как ни крепилась, а бросилась ко мне с любовью, встречала, когда я приезжал по вечерам, с восторгом, рассказывала своим лепетом (очаровательным лепетом невинности!) всё свое детство, младенчество, про родительский дом, про отца и мать. Но я всё это упоение тут же обдал сразу холодной водой. Вот в том—то и была моя идея. На восторги я отвечал молчанием, благосклонным, конечно... но всё же она быстро увидала, что мы разница и что я — загадка. А я, главное, и бил на загадку! Ведь для того, чтобы загадать загадку, я, может быть, и всю эту глупость сделал! Во—первых, строгость, — так под строгостью и в дом ее ввел. Одним словом, тогда, ходя и будучи доволен, я создал целую систему. О, без всякой натуги сама собой вылилась. Да и нельзя было иначе, я должен был создать эту систему по неотразимому обстоятельству, — что ж я ,в самом деле, клевещу—то на себя! Система была истинная. Нет, послушайте, если уж судить человека, то судить, зная дело... Слушайте.

Как бы это начать, потому что это очень трудно. Когда начнешь оправдываться — вот и трудно. Видите ли: молодежь презирает, например, деньги, — я тотчас же налег на деньги; я напер на деньги. И так налег, что она всё больше и больше начала умолкать. Раскрывала большие глаза, слушала, смотрела и умолкала. Видите ли: молодежь великодушна, то есть хорошая молодежь, великодушна и порыввиста, но мало терпимости, чуть что не так — и презрение. А я хотел широкости, я хотел привить широкость прямо к сердцу, привить к сердечному взгляду, не так ли? Возьму пошлый пример: как бы я, например, объяснил мою кассу ссуд такому характеру? Разумеется, я не прямо заговорил, иначе вышло бы, что я прошу прощения за кассу ссуд, а я, так сказать, действовал гордостью, говорил почти молча. А я мастер молча говорить, я всю жизнь мою проговорил молча и прожил сам с собою целые трагедии молча. О, ведь и я же был несчастлив! Я был выброшен всеми, выброшен и забыт, и никто—то, никто—то этого не знает! И вдруг эта шестнадцатилетняя нахватала обо мне потом подробностей от подлых людей и думала, что всё знает, а сокровенное между тем оставалось лишь в груди этого человека! Я всё молчал, и особенно, особенно с ней молчал, до самого вчерашнего дня, — почему молчал? А как гордый человек. Я хотел, чтоб она узнала сама, без меня, но уже не по рассказам подлецов, а чтобы сама догадалась об этом человеке и постигла его! Принимая ее в дом свой, я хотел полного уважения. Я хотел, чтоб она стояла предо мной в мольбе за мои страдания — и я стоил того. О, я всегда был горд, я всегда хотел или всего, или ничего! Вот именно потому, что я не половинщик в счастье, а всего захотел, — именно потому я и вынужден был так поступить тогда: "Дескать, сама догадайся и оцени!" Потому что, согласитесь, ведь если б я сам начал ей объяснять и подсказывать, вилять и уважения просить, — так ведь я всё равно что просил бы милостыни... А впрочем... а впрочем, что ж я об этом говорю!

Глупо, глупо, глупо и глупо! Я прямо и безжалостно (и я напираю на то, что безжалостно) объяснил ей тогда, в двух словах, что великодушие молодежи прелестно, но — гроша не стоит. Почему не стоит? Потому что дешево ей достается, получилось не живши, всё это, так сказать, "первые впечатления бытия", а вот посмотрим—ка вас на труде!

11

Дешевое великодушие всегда легко, и даже отдать жизнь — и это дешево, потому что тут только кровь кипит и сил избыток, красоты страстно хочется! Нет, возьмите—ка подвиг великодушия, трудный, тихий, неслышный, без блеску, с клеветой, где много жертвы и ни капли славы, — где вы, сияющий человек, пред всеми выставлены подлецом, тогда как вы честнее всех людей на земле, — ну—тка, попробуйте—ка этот подвиг, нет—с, откажетесь! А я — я только всю жизнь и делал, что носил этот подвиг. Сначала спорила, ух как, а потом начала примолкать, совсем даже, только глаза ужасно открывала, слушая, большие, большие такие глаза, внимательные. И... и кроме того, я вдруг увидал улыбку, недоверчивую, молчаливую, нехорошую. Вот с этой—то улыбкой я и ввел ее в мой дом. Правда и то, что ей уж некуда было идти...

IV

ВСЁ ПЛАНЫ И ПЛАНЫ

Кто у нас тогда первый начал?

Никто. Само началось с первого шага. Я сказал, что я ввел ее в дом под строгостью, однако с первого же шага смягчил. Еще невесте, ей было объяснено, что она займется приемом закладов и выдачей денег, и она ведь тогда ничего не сказала (это заметьте). Мало того, — принялась за дело даже с усердием. Ну, конечно, квартира, мебель — всё осталось по-прежнему. Квартира — две комнаты: одна — большая зала, где отгорожена и касса, а другая, тоже большая, — наша комната, общая, тут и спальня. Мебель у меня скудная; даже у теток была лучше. Киот мой с лампадкой — это в зале, где касса; у меня же в комнате мой шкаф, и в нем несколько книг, и укладка, ключи у меня; ну, там постель, столы, стулья. Еще невесте сказал, что на наше содержание, то есть на пищу, мне, ей и Лукерье, которую я переманил, определяется в день рубль и не больше: "Мне, дескать, нужно тридцать тысяч в три года, а иначе денег не наживешь". Она не препятствовала, но я сам возвысил содержание на тридцать копеек. Тоже и театр. Я сказал невесте, что не будет театра, и, однако ж, положил раз в

12

месяц театру быть, и прилично, в креслах. Ходили вместе, были три раза, смотрели "Погоню за счастьем" и "Птицы певчие", кажется. (О, наплевать, наплевать!) Молча ходили и молча возвращались. Почему, почему мы с самого начала принялись молчать? Сначала ведь ссор не было, а тоже молчание. Она всё как—то, помню, тогда исподтишка на меня глядела; я, как заметил это, и усилил молчание. Правда, это я на молчание напер, а не она. С ее стороны раз или два были порывы, бросалась обнимать меня; но так как порывы были болезненные, истерические, а мне надо было твердого счастья, с уважением от нее, то я принял холодно. Да и прав был: каждый раз после порывов на другой день была ссора.

То есть ссор не было, опять—таки, но было молчание и — всё больше и больше дерзкий вид с ее стороны. "Бунт и независимость" — вот что было, только она не умела. Да, это кроткое лицо становилось всё дерзче и дерзче. Верите ли, я ей становился поган, я ведь изучил это. А в том, что она выходила порывами из себя, в этом не было сомнения. Ну как, например, выйдя из такой грязи и нищеты, после мытья—то полов, начать вдруг фыркать на нашу бедность! Видите—с: была не бедность, а была экономия, а в чем надо — так и роскошь, в белье например, в чистоте. Я всегда и прежде мечтал, что чистота в муже прельщает жену. Впрочем, она не на бедность, а на мое будто бы скаредство в экономии: "Цели, дескать, имеет, твердый характер показывает". От театра вдруг сама отказалась. И всё пуще и пуще насмешливая складка... а я усиливаю молчание, а я усиливаю молчание.

Не оправдываться же? Тут главное — эта касса ссуд. Позвольте—с: я знал, что женщина, да еще шестнадцати лет, не может не подчиниться мужчине вполне. В женщинах нет оригинальности, это — это аксиома, даже и теперь, даже и теперь для меня аксиома! Что ж такое, что там в зале лежит: истина есть истина, и тут сам Милль ничего не поделает! А женщина любящая, о, женщина любящая — даже пороки, даже злодейства любимого существа обоготворит. Он сам не подыщет своим злодействам таких оправданий, какие она ему найдет. Это великодушно, но не оригинально. Женщин погубила одна лишь неоригинальность. И что ж, повторяю, что вы мне указываете там на столе? Да разве это оригинально, что там на столе? О—о!

Слушайте: в любви ее я был тогда уверен. Ведь бросалась же она ко мне и тогда на шею. Любила, значит, вернее — желала любить. Да, вот так это и было: желала любить, искала любить. А главное ведь в том, что тут и злодейств никаких

13

таких не было, которым бы ей пришлось подыскивать оправдания. Вы говорите "закладчик", и все говорят. А что ж что закладчик? Значит, есть же причины, коли великодушнейший из людей стал закладчиком. Видите, господа, есть идеи... то есть, видите, если иную идею произнести, выговорить словами, то выйдет ужасно глупо. Выйдет стыдно самому. А почему? Нипочему. Потому, что мы все дрянь и правды не выносим, или уж я не знаю. Я сказал сейчас "великодушнейший из людей". Это смешно, а между тем ведь это так и было. Ведь это правда, то есть самая, самая правденская правда! Да, я имел право захотеть себя тогда обеспечить и открыть эту кассу: "Вы отвергли меня, вы, люди то есть, вы прогнали меня с презрительным молчанием. На мой страстный порыв к вам вы ответили мне обидой на всю мою жизнь. Теперь я, стало быть, вправе был оградиться от вас стеной, собрать эти тридцать тысяч рублей и окончить жизнь где—нибудь в Крыму, на Южном берегу, в горах и виноградниках, в своем имении, купленном на эти тридцать тысяч, а главное, вдали от всех вас, но без злобы на вас, с идеалом в душе, с любимой у сердца женщиной, с семьей, если бог пошлет, и — помогая окрестным поселянам". Разумеется, хорошо, что я это сам теперь про себя говорю, а то что могло быть глупее, если б я тогда ей это вслух расписал? Вот почему и гордое молчание, вот почему и сидели молча. Потому, что ж бы она поняла? Шестнадцать—то лет, первая—то молодость, — да что могла она понять из моих оправданий, из моих страданий? Тут прямолинейность, незнание жизни, юные дешевые убеждения, слепота куриная "прекрасных сердец", а главное тут — касса ссуд и — баста (а разве я был злодей в кассе ссуд, разве не видела она, как я поступал и брал ли я лишнее?)! О, как ужасна правда на земле! Эта прелесть, эта кроткая, это небо — она была тиран, нестерпимый тиран души моей и мучитель! Ведь я наклевещу на себя, если этого не скажу! Вы думаете, я ее не любил? Кто может сказать, что я ее не любил? Видите ли: тут ирония, тут вышла злая ирония судьбы и природы! Мы прокляты, жизнь людей проклята вообще! (Моя, в частности!) Я ведь понимаю же теперь, что я в чем—то тут ошибся! Тут что—то вышло не так. Всё было ясно, план мой был ясен как небо: "Суров, горд и в нравственных утешениях ни в чьих не нуждается, страдает молча". Так оно и было, не лгал, не лгал! "Увидит потом сама, что тут было великодушие, но только она не сумела заметить, — и как догадается об этом когда—нибудь, то оценит вдесятеро и падет в прах, сложа в мольбе руки". Вот план. Но тут я что—то забыл или упустил из виду. Не сумел я что—то тут сделать. Но довольно, довольно. И у кого теперь прощения просить? Кончено так кончено. Смелей, человек, и будь горд! Не ты виноват!..

Что ж, я скажу правду, я не побоюсь стать пред правдой лицом к лицу: она виновата, она виновата!..

V
КРОТКАЯ БУНТУЕТ

Ссоры начались с того, что она вдруг вздумала выдавать деньги по—своему, ценить вещи выше стоимости и даже раза два удостоила со мной вступить на эту тему в спор. Я не согласился. Но тут подвернулась эта капитанша.

Пришла старуха капитанша с медальоном — покойного мужа подарок, ну, известно, сувенир. Я выдал тридцать рублей. Принялась жалобно ныть, просить, чтоб сохранили вещь, — разумеется, сохраним. Ну, одним словом, вдруг через пять дней приходит обменять на браслет, который не стоил и восьми рублей; я, разумеется, отказал. Должно быть, она тогда же угадала что—нибудь по глазам жены, но только она пришла без меня, и та обменяла ей медальон.

Узнав в тот же день, я заговорил кротко, но твердо и резонно. Она сидела на постели, смотрела в землю, щелкая правым носком по коврику (ее жест); дурная улыбка стояла на ее губах. Тогда я, вовсе не возвышая голоса, объявил спокойно, что деньги мои, что я имею право смотреть на жизнь моими глазами, и — что когда я приглашал ее к себе в дом, то ведь ничего не скрыл от нее.

Она вдруг вскочила, вдруг вся затряслась и — что бы вы думали — вдруг затопала на меня ногами; это был зверь, это был припадок, это был зверь в припадке. Я оцепенел от изумления: такой выходки я никогда не ожидал. Но не потерялся, я даже не сделал движения и опять прежним спокойным голосом прямо объявил, что с сих пор лишаю ее участия в моих занятиях. Она захохотала мне в лицо и вышла из квартиры.

Дело в том, что выходить из квартиры она не имела права.

Без меня никуда, таков был уговор еще в невестах. К вечеру она воротилась; я ни слова.

Назавтра тоже с утра ушла, напослезавтра опять. Я запер кассу и направился к теткам. С ними я с самой свадьбы прервал — ни их к себе, ни сами к ним. Теперь оказалось, что она у них не была. Выслушали меня с любопытством и мне же насмеялись в глаза: "Так вам, говорят, и надо". Но я и ждал их смеха. Тут же младшую тетку, девицу, за сто рублей подкупил и двадцать пять дал вперед. Через два дня она приходит ко мне: "Тут, говорит, офицер, Ефимович, поручик, бывший ваш прежний товарищ в полку, замешан". Я был очень изумлен. Этот Ефимович более всего зла мне нанес в полку, а с месяц назад, раз и другой, будучи бесстыден, зашел в кассу под видом закладов и, помню, с женой тогда начал смеяться. Я тогда же подошел и сказал ему, чтоб он не осмеливался ко мне приходить, вспомня наши отношения; но и мысли об чем—нибудь таком у меня в голове не было, а так просто подумал, что нахал. Теперь же вдруг тетка сообщает, что с ним у ней уже назначено свидание и что всем делом орудует одна прежняя знакомая теток, Юлия Самсоновна, вдова, да еще полковница, — "к ней—то, дескать, ваша супруга и ходит теперь".

Эту картину я сокращу. Всего мне стоило это дело рублей до трехсот, но в двое суток устроено было так, что я буду стоять в соседней комнате, за притворенными дверями, и слышать первый rendez—vous наедине моей жены с Ефимовичем. В ожидании же, накануне, произошла у меня с ней одна краткая, но слишком знаменательная для меня сцена.

Воротилась она перед вечером, села на постель, смотрит на меня насмешливо и ножкой бьет о коврик. Мне вдруг, смотря на нее, влетела тогда в голову идея, что весь этот последний месяц, или, лучше, две последние перед сим недели, она была совсем не в своем характере, можно даже сказать — в обратном характере: являлось существо буйное, нападающее, не могу сказать бесстыдное, но беспорядочное и само ищущее смятения. Напрашивающееся на смятение. Кротость, однако же, мешала. Когда этакая забуйствует, то хотя бы и перескочила меру, а всё видно, что она сама себя только ломит, сама себя подгоняет и что с целомудрием и стыдом своим ей самой первой справиться невозможно. Оттого—то этакие и выскакивают порой слишком уж не в мерку, так что не веришь собственному наблюдающему уму. Привычная же к разврату душа, напротив, всегда смягчит, сделает гаже, но в виде порядка и приличия, который над вами же имеет претензию превосходствовать.

16

— А правда, что вас из полка выгнали за то, что вы на дуэль выйти струсили? — вдруг спросила она, с дубу сорвав, и глаза ее засверкали.

— Правда; меня, по приговору офицеров, попросили из полка удалиться, хотя, впрочем, я сам уже перед тем подал в отставку.

— Выгнали как труса?

— Да, они присудили как труса. Но я отказался от дуэли не как трус, а потому, что не захотел подчиниться их тираническому приговору и вызывать на дуэль, когда не находил сам обиды. Знайте, — не удержался я тут, — что восстать действием против такой тирании и принять все последствия — значило выказать гораздо более мужества, чем в какой хотите дуэли.

Я не сдержался, я этой фразой как бы пустился в оправдание себя; а ей только этого и надо было, этого нового моего унижения.

Она злобно рассмеялась.

— А правда, что вы три года потом по улицам в Петербурге как бродяга ходили, и по гривеннику просили, и под биллиардами ночевали?

— Я и на Сенной в доме Вяземского ночевывал. Да, правда; в моей жизни было потом, после полка, много позора и падения, но не нравственного падения, потому что я сам же первый ненавидел мои поступки даже тогда. Это было лишь падение воли моей и ума и было вызвано лишь отчаянием моего положения. Но это прошло...

— О, теперь вы лицо — финансист!

То есть это намек на кассу ссуд. Но я уже успел сдержать себя. Я видел, что она жаждет унизительных для меня объяснений и — не дал их. Кстати же позвонил закладчик, и я вышел к нему в залу. После, уже через час, когда она вдруг оделась, чтоб выйти, остановилась предо мной и сказала:

— Вы, однако ж, мне об этом ничего не сказали до свадьбы?

Я не ответил, и она ушла.

Итак, назавтра я стоял в этой комнате за дверями и слушал, как решалась судьба моя, а в кармане моем был револьвер. Она была приодета, сидела за столом, а Ефимович перед нею ломался. И что ж: вышло то (я к чести моей говорю это), вышло точь—в—точь то, что я предчувствовал и предполагал, хоть и не сознавая, что я предчувствую и предполагаю это. Не знаю, понятно ли выражаюсь.

Вот что вышло. Я слушал целый час и целый час присутствовал при поединке женщины благороднейшей и возвышенной с светской развратной, тупой тварью, с пресмыкающеюся душой. И откуда, думал я, пораженный, откуда эта наивная, эта кроткая, эта малословесная знает всё это? Остроумнейший автор великосветской комедии не мог бы создать этой сцены насмешек, наивнейшего хохота и святого презрения добродетели к пороку. И сколько было блеска в ее словах и маленьких словечках; какая острота в быстрых ответах, какая правда в ее осуждении! И в то же время столько девического почти простодушия. Она смеялась ему в глаза над его объяснениями в любви, над его жестами, над его предложениями. Приехав с грубым приступом к делу и не предполагая сопротивления, он вдруг так и осел. Сначала я бы мог подумать, что тут у ней просто кокетство — "кокетство хоть и развратного, но остроумного существа, чтоб дороже себя выставить". Но нет, правда засияла как солнце, и сомневаться было нельзя. Из ненависти только ко мне, напускной и порывистой, она, неопытная, могла решиться затеять это свидание, но как дошло до дела — то у ней тотчас открылись глаза. Просто металось существо, чтобы оскорбить меня чем бы то ни было, но, решившись на такую грязь, не вынесло беспорядка. И ее ли, безгрешную и чистую, имеющую идеал, мог прельстить Ефимович или кто хотите из этих великосветских тварей? Напротив, он возбудил лишь смех. Вся правда поднялась из ее души, и негодование вызвало из сердца сарказм. Повторяю, этот шут под конец совсем осовел и сидел нахмурившись, едва отвечая, так что я даже стал бояться, чтоб не рискнул оскорбить ее из низкого мщения. И опять повторяю: к чести моей, эту сцену я выслушал почти без изумления. Я как будто встретил одно знакомое. Я как будто шел затем, чтоб это встретить. Я шел, ничему не веря, никакому обвинению, хотя и взял револьвер в карман, — вот правда! И мог разве я вообразить ее другою? Из—за чего ж я любил, из—за чего ж я ценил ее, из—за чего ж женился на ней? О, конечно, я слишком убедился в том, сколь она меня тогда ненавидела, но убедился и в том, сколь она непорочна. Я прекратил сцену вдруг, отворив двери. Ефимович вскочил, я взял ее за руку и пригласил со мной выйти. Ефимович нашелся и вдруг звонко и раскатисто расхохотался:

— О, против священных супружеских прав я не возражаю, уводите, уводите! И знаете, — крикнул он мне вслед, — хоть с вами и нельзя драться порядочному человеку, но, из уважения к вашей даме, я к вашим услугам... Если вы, впрочем, сами рискнете...

— Слышите! — остановил я ее на секунду на пороге.

Затем всю дорогу до дома ни слова. Я вел ее за руку, и она не сопротивлялась. Напротив, она была ужасно поражена, но только до дома. Придя домой, она села на стул и уперлась в меня взглядом. Она была чрезвычайно бледна; губы хоть и сложились тотчас же в насмешку, но смотрела она уже с торжественным и суровым вызовом и, кажется, серьезно убеждена была в первые минуты, что я убью ее из револьвера. Но я молча вынул револьвер из кармана и положил на стол. Она смотрела на меня и на револьвер. (Заметьте: револьвер этот был ей уже знаком. Заведен он был у меня и заряжен с самого открытия кассы. Открывая кассу, я порешил не держать ни огромных собак, ни сильного лакея, как, например, держит Мозер. У меня посетителям отворяет кухарка. Но занимающимся нашим ремеслом невозможно лишить себя, на всякий случай, самозащиты, и я завел заряженный револьвер. Она в первые дни, как вошла ко мне в дом, очень интересовалась этим револьвером, расспрашивала, и я объяснил даже ей устройство и систему, кроме того, убедил раз выстрелить в цель. Заметьте всё это.) Не обращая внимания на ее испуганный взгляд, я, полураздетый, лег на постель. Я был очень обессилен; было уже около одиннадцати часов. Она продолжала сидеть на том же месте, не шевелясь, еще около часа, затем потушила свечу и легла, тоже одетая, у стены, на диване. В первый раз не легла со мной, — это тоже заметьте...

VI

СТРАШНОЕ ВОСПОМИНАНИЕ

Теперь это страшное воспоминание...

Я проснулся утром, я думаю, в восьмом часу, и в комнате было уже почти совсем светло. Я проснулся разом с полным сознанием и вдруг открыл глаза. Она стояла у стола и держала в руках револьвер. Она не видела, что я проснулся и гляжу. И вдруг я вижу, что она стала надвигаться ко мне с револьвером в руках. Я быстро закрыл глаза и притворился крепко спящим.

Она дошла до постели и стала надо мной. Я слышал всё; хоть и настала мертвая тишина, но я слышал эту тишину. Тут произошло одно судорожное движение — и я вдруг, неудержимо, открыл глаза против воли. Она смотрела прямо на меня, мне в глаза, и револьвер уже был у моего виска. Глаза наши встретились. Но мы глядели друг на друга не более мгновения. Я с силой закрыл глаза опять и в то же мгновение решил изо всей силы моей души, что более уже не шевельнусь и не открою глаз, что бы ни ожидало меня.

В самом деле, бывает, что и глубоко спящий человек вдруг открывает глаза, даже приподымает на секунду голову и оглядывает комнату, затем, через мгновение, без сознания кладет опять голову на подушку и засыпает, ничего не помня. Когда я, встретившись с ее взглядом и ощутив револьвер у виска, вдруг закрыл опять глаза и не шевельнулся, как глубоко спящий, — она решительно могла предположить, что я в самом деле сплю и что ничего не видал, тем более что совсем невероятно, увидав то, что я увидел, закрыть в такое мгновение опять глаза.

Да, невероятно. Но она все—таки могла угадать и правду, — это—то и блеснуло в уме моем вдруг, всё в то же мгновение. О, какой вихрь мыслей, ощущений пронесся менее чем в мгновение в уме моем, и да здравствует электричество человеческой мысли! В таком случае (почувствовалось мне), если она угадала правду и знает, что я не сплю, то я уже раздавил ее моею готовностью принять смерть и у ней теперь может дрогнуть рука. Прежняя решимость может разбиться о новое чрезвычайное впечатление. Говорят, что стоящие на высоте как бы тянутся сами книзу, в бездну. Я думаю, много самоубийств и убийств совершилось потому только, что револьвер уже был взят в руки. Тут тоже бездна, тут покатость в сорок пять градусов, о которую нельзя не скользнуть, и вас что—то вызывает непобедимо спустить курок. Но сознание, что я всё видел, всё знаю и жду от нее смерти молча, — могло удержать ее на покатости.

Тишина продолжалась, и вдруг я ощутил у виска, у волос моих, холодное прикосновение железа. Вы спросите: твердо ли я надеялся, что спасусь? Отвечу вам, как перед богом: не имел никакой надежды, кроме разве одного шанса из ста. Для чего же принимал смерть? А я спрошу: на что мне была жизнь после револьвера, поднятого на меня обожаемым мною существом? Кроме того, я знал всей силой моего существа, что между нами в это самое мгновение идет борьба, страшный поединок на жизнь и смерть, поединок вот того самого вчерашнего труса, выгнанного за трусость товарищами. Я знал это, и она это знала, если только угадала правду, что я не сплю.

Может быть, этого и не было, может быть, я этого и не мыслил тогда, но это всё же должно было быть, хоть без мысли, потому что я только и делал, что об этом думал потом каждый час моей жизни.

Но вы зададите опять вопрос: зачем же ее не спас от злодейства? О, я тысячу раз задавал себе потом этот вопрос — каждый раз, когда, с холодом в спине, припоминал ту секунду. Но душа моя была тогда в мрачном отчаянии: я погибал, я сам погибал, так кого ж бы я мог спасти? И почем вы знаете, хотел ли бы еще я тогда кого спасти? Почем знать, что я тогда мог чувствовать?

Сознание, однако ж, кипело; секунды шли, тишина была мертвая; она всё стояла надо мной, — и вдруг я вздрогнул от надежды! Я быстро открыл глаза. Ее уже не было в комнате. Я встал с постели: я победил, — и она была навеки побеждена!

Я вышел к самовару. Самовар подавался у нас всегда в первой комнате, и чай разливала всегда она. Я сел к столу молча и принял от нее стакан чая. Минут через пять я на нее взглянул. Она была страшно бледна, еще бледнее вчерашнего, и смотрела на меня. И вдруг — и вдруг, видя, что я смотрю на нее, она бледно усмехнулась бледными губами, с робким вопросом в глазах. "Стало быть, всё еще сомневается и спрашивает себя: знает он иль не знает, видел он иль не видел?" Я равнодушно отвел глаза. После чая запер кассу, пошел на рынок и купил железную кровать и ширмы. Возвратясь домой, я велел поставить кровать в зале, а ширмами огородить ее. Это была кровать для нее, но я ей не сказал ни слова. И без слов поняла, через эту кровать, что я "всё видел и всё знаю" и что сомнений уже более нет. На ночь я оставил револьвер как всегда на столе. Ночью она молча легла в эту новую свою постель: брак был расторгнут, "побеждена, но не прощена". Ночью с нею сделался бред, а наутро горячка. Она пролежала шесть недель.

ГЛАВА ВТОРАЯ

I

СОН ГОРДОСТИ

Лукерья сейчас объявила, что жить у меня не станет и, как похоронят барыню, — сойдет. Молился на коленях пять минут, а хотел молиться час, но всё думаю, думаю, и всё больные мысли, и больная голова, — чего ж тут молиться — один грех! Странно тоже, что мне спать не хочется: в большом, в слишком большом горе, после первых сильнейших взрывов, всегда спать хочется. Приговоренные к смертной казни чрезвычайно, говорят, крепко спят в последнюю ночь. Да так и надо, это по природе, а то силы бы не вынесли... Я лег на диван, но не заснул...

...Шесть недель болезни мы ходили тогда за ней день и ночь — я, Лукерья и ученая сиделка из больницы, которую я нанял. Денег я не жалел, и мне даже хотелось на нее тратить. Доктора я позвал Шредера и платил ему по десяти рублей за визит. Когда она пришла в сознание, я стал меньше являться на глаза. А впрочем, что ж я описываю. Когда она встала совсем, то тихо и молча села в моей комнате за особым столом, который я тоже купил для нее в это время... Да, это правда, мы совершенно молчали; то есть мы начали даже потом говорить, но — всё обычное. Я, конечно, нарочно не распространялся, но я очень хорошо заметил, что и она как бы рада была не сказать лишнего слова. Мне показалось это совершенно естественным с ее стороны: "Она слишком потрясена и слишком побеждена, — думал я, — и, уж конечно, ей надо дать позабыть и привыкнуть". Таким образом мы и молчали, но я каждую минуту приготовлялся про себя к будущему. Я думал, что и она тоже, и для меня было страшно занимательно угадывать: об чем именно она теперь про себя думает?

Еще скажу: о, конечно, никто не ведает, сколько я вынес, стеная над ней в ее болезни. Но я стенал про себя и стоны давил в груди даже от Лукерьи. Я не мог представить, предположить даже не мог, чтоб она умерла, не узнав всего. Когда же она вышла из опасности и здоровье стало возвращаться, я, помню это, быстро и очень успокоился. Мало того, я решил отложить наше будущее как можно на долгое время, а оставить пока всё в настоящем виде. Да, тогда случилось со мной нечто странное и особенное, иначе не умею назвать: я восторжествовал, и одного сознания о том оказалось совершенно для меня довольно. Вот так и прошла вся зима. О, я был доволен, как никогда не бывал, и это всю зиму.

Видите: в моей жизни было одно страшное внешнее обстоятельство, которое до тех пор, то есть до самой катастрофы с женой, каждый день и каждый час давило меня, а именно — потеря репутации и тот выход из полка. В двух словах: была тираническая несправедливость против меня. Правда, меня не любили товарищи за тяжелый характер и, может быть, за смешной характер, хотя часто бывает ведь так, что возвышенное для вас, сокровенное и чтимое вами в то же время смешит почему—то толпу ваших товарищей. О, меня не любили никогда даже в школе. Меня всегда и везде не любили. Меня и Лукерья не может любить. Случай же в полку был хоть и следствием нелюбви ко мне, но без сомнения носил случайный характер. Я к тому это, что нет ничего обиднее и несноснее, как погибнуть от случая, который мог быть и не быть, от несчастного скопления обстоятельств, которые могли пройти мимо, как облака. Для интеллигентного существа унизительно. Случай был следующий.

В антракте, в театре, я вышел в буфет. Гусар А—в, вдруг войдя, громко при всех бывших тут офицерах и публике заговорил с двумя своими же гусарами об том, что в коридоре капитан нашего полка Безумцев сейчас только наделал скандалу "и, кажется, пьяный". Разговор не завязался, да и была ошибка, потому что капитан Безумцев пьян не был и скандал был, собственно, не скандал. Гусары заговорили о другом, тем и кончилось, но назавтра анекдот проник в наш полк, и тотчас же у нас заговорили, что в буфете из нашего полка был только я один и когда гусар А—в дерзко отнесся о капитане Безумцеве, то я не подошел к А—ву и не остановил его замечанием. Но с какой же бы стати? Если он имел зуб на Безумцева, то дело это было их личное, и мне чего ж ввязываться? Между тем офицеры начали находить, что дело было не личное, а касалось и полка, а так как офицеров нашего полка тут был только я, то тем и доказал всем бывшим в буфете офицерам и публике, что в полку нашем могут быть офицеры, не столь щекотливые насчет чести своей и полка. Я не мог согласиться с таким определением. Мне дали знать, что я могу еще всё поправить, если даже и теперь, хотя и поздно, захочу формально объясниться с А—м. Я этого не захотел и так как был раздражен, то отказался с гордостью. Затем тотчас же подал в отставку, — вот вся история. Я вышел гордый, но разбитый духом. Я упал волей и умом. Тут как раз подошло, что сестрин муж в Москве промотал наше маленькое состояние и мою в нем часть, крошечную часть, но я остался без гроша на улице. Я бы мог взять частную службу, но я не взял: после блестящего мундира я не мог пойти куда—нибудь на железную дорогу. Итак — стыд так стыд, позор так позор, падение так падение, и чем хуже, тем лучше, — вот что я выбрал. Тут три года мрачных воспоминаний и даже дом Вяземского. Полтора года назад умерла в Москве богатая старуха, моя крестная мать, и неожиданно, в числе прочих, оставила и мне по завещанию три тысячи. Я подумал и тогда же решил судьбу свою. Я решился на кассу ссуд, не прося у людей прощения: деньги, затем угол и — новая жизнь вдали от прежних воспоминаний, — вот план. Тем не менее мрачное прошлое и навеки испорченная репутация моей чести томили меня каждый час, каждую минуту. Но тут я женился. Случайно или нет — не знаю. Но вводя ее в дом, я думал, что ввожу друга, мне же слишком был надобен друг. Но я видел ясно, что друга надо было приготовить, доделать и даже победить. И мог ли я что—нибудь объяснить так сразу этой шестнадцатилетней и предубежденной? Например, как мог бы я, без случайной помощи происшедшей страшной катастрофы с револьвером, уверить ее, что я не трус и что меня обвинили в полку как труса несправедливо? Но катастрофа подоспела кстати. Выдержав револьвер, я отмстил всему моему мрачному прошедшему. И хоть никто про то не узнал, но узнала она, а это было всё для меня, потому что она сама была всё для меня, вся надежда моего будущего в мечтах моих! Она была единственным человеком, которого я готовил себе, а другого и не надо было, — и вот она всё узнала; она узнала по крайней мере, что несправедливо поспешила присоединиться к врагам моим. Эта мысль восхищала меня. В глазах ее я уже не мог быть подлецом, а разве лишь странным человеком, но и эта мысль теперь, после всего, что произошло, мне вовсе не так не нравилась: странность не порок, напротив, иногда завлекает женский характер. Одним словом, я нарочно отдалил развязку: того, что произошло, было слишком пока довольно для моего спокойствия и заключало слишком много картин и матерьяла для мечтаний моих. В том—то и скверность, что я мечтатель: с меня хватило матерьяла, а об ней я думал, что подождет.

Так прошла вся зима, в каком—то ожидании чего—то. Я

любил глядеть на нее украдкой, когда она сидит, бывало, за своим столиком. Она занималась работой, бельем, а по вечерам иногда читала книги, которые брала из моего шкафа. Выбор книг в шкафе тоже должен был свидетельствовать в мою пользу. Не выходила она почти никуда. Перед сумерками, после обеда, я выводил ее каждый день гулять, и мы делали моцион, но не совершенно молча, как прежде. Я именно старался делать вид, что мы не молчим и говорим согласно, но, как я сказал уже, сами мы оба так делали, что не распространялись. Я делал нарочно, а ей, думал я, необходимо "дать время". Конечно странно, что мне ни разу, почти до конца зимы, не пришло в голову, что я вот исподтишка люблю смотреть на нее, а ни одного—то ее взгляда за всю зиму я не поймал на себе! Я думал, что в ней это робость. К тому же она имела вид такой робкой кротости, такого бессилия после болезни. Нет, лучше выжди и — "и она вдруг сама подойдет к тебе..."

Эта мысль восхищала меня неотразимо. Прибавлю одно: иногда я как будто нарочно разжигал себя самого и действительно доводил свой дух и ум до того, что как будто впадал на нее в обиду. И так продолжалось по нескольку времени. Но ненависть моя никогда не могла созреть и укрепиться в душе моей. Да и сам я чувствовал, что как будто это только игра. Да и тогда, хоть и разорвал я брак, купив кровать и ширмы, но никогда, никогда не мог я видеть в ней преступницу. И не потому, что судил о преступлении ее легкомысленно, а потому, что имел смысл совершенно простить ее, с самого первого дня, еще прежде даже, чем купил кровать. Одним словом, это странность с моей стороны, ибо я нравственно строг. Напротив, в моих глазах она была так побеждена, была так унижена, так раздавлена, что я мучительно жалел ее иногда, хотя мне при всем этом решительно нравилась иногда идея об ее унижении. Идея этого неравенства нашего нравилась...

Мне случилось в эту зиму нарочно сделать несколько добрых поступков. Я простил два долга, я дал одной бедной женщине без всякого заклада. И жене я не сказал про это, и вовсе не для того, чтобы она узнала, сделал; но женщина сама пришла благодарить, и чуть не на коленях. Таким образом огласилось; мне показалось, что про женщину она действительно узнала с удовольствием.

Но надвигалась весна, был уже апрель в половине, вынули двойные рамы, и солнце стало яркими пучками освещать наши молчаливые комнаты. Но пелена висела передо мною и

25

слепила мой ум. Роковая, страшная пелена! Как это случилось, что всё это вдруг упало с глаз и я вдруг прозрел и всё понял! Случай ли это был, день ли пришел такой срочный, солнечный ли луч зажег в отупевшем уме моем мысль и догадку? Нет, не мысль и не догадка были тут, а тут вдруг заиграла одна жилка, замертвевшая было жилка, затряслась и ожила и озарила всю отупевшую мою душу и бесовскую гордость мою. Я тогда точно вскочил вдруг с места. Да и случилось оно вдруг и внезапно. Это случилось перед вечером, часов в пять, после обеда...

II

ПЕЛЕНА ВДРУГ УПАЛА

Два слова прежде того. Еще за месяц я заметил в ней странную задумчивость, не то что молчание, а уже задумчивость. Это тоже я заметил вдруг. Она тогда сидела за работой, наклонив голову к шитью, и не видала, что я гляжу на нее. И вдруг меня тут же поразило, что она такая стала тоненькая, худенькая, лицо бледненькое, губы побелели, — меня всё это, в целом, вместе с задумчивостью, чрезвычайно и разом фраппировало. Я уже и прежде слышал маленький сухой кашель, по ночам особенно. Я тотчас встал и отправился просить ко мне Шредера, ей ничего не сказавши.

Шредер прибыл на другой день. Она была очень удивлена и смотрела то на Шредера, то на меня.

— Да я здорова, — сказала она, неопределенно усмехнувшись.

Шредер ее не очень осматривал (эти медики бывают иногда свысока небрежны), а только сказал мне в другой комнате, что это осталось после болезни и что с весной недурно куда—нибудь съездить к морю или, если нельзя, то просто переселиться на дачу. Одним словом, ничего не сказал, кроме того, что есть слабость или там что—то. Когда Шредер вышел, она вдруг сказала мне опять, ужасно серьезно смотря на меня:

— Я совсем, совсем здорова.

Но сказавши, тут же вдруг покраснела, видимо, от стыда. Видимо, это был стыд. О, теперь я понимаю: ей было стыдно, что я еще муж ее, забочусь об ней, всё еще будто бы настоящий муж. Но тогда я не понял и краску приписал смирению. (Пелена!)

И вот, месяц после того, в пятом часу, в апреле, в яркий солнечный день я сидел у кассы и вел расчет. Вдруг слышу, что она, в нашей комнате, за своим столом, за работой, тихо—тихо... запела. Эта новость произвела на меня потрясающее впечатление, да и до сих пор я не понимаю его. До тех пор я почти никогда не слыхал ее поющую, разве в самые первые дни, когда ввел ее в дом и когда еще могли резвиться, стреляя в цель из револьвера. Тогда еще голос ее был довольно сильный, звонкий, хотя неверный, но ужасно приятный и здоровый. Теперь же песенка была такая слабенькая — о, не то чтобы заунывная (это был какой—то романс), но как будто бы в голосе было что—то надтреснутое, сломанное, как будто голосок не мог справиться, как будто сама песенка была больная. Она пела вполголоса, и вдруг, поднявшись, голос оборвался, — такой бедненький голосок, так он оборвался жалко; она откашлялась и опять тихо—тихо, чуть—чуть, запела...

Моим волненьям засмеются, но никогда никто не поймет, почему я заволновался! Нет, мне еще не было ее жаль, а это было что—то совсем еще другое. Сначала, по крайней мере в первые минуты, явилось вдруг недоумение и страшное удивление, страшное и странное, болезненное и почти что мстительное: "Поет, и при мне! Забыла она про меня, что ли?"

Весь потрясенный, я оставался на месте, потом вдруг встал, взял шляпу и вышел, как бы не соображая. По крайней мере не знаю, зачем и куда. Лукерья стала подавать пальто.

— Она поет? — сказал я Лукерье невольно. Та не понимала и смотрела на меня, продолжая не понимать; впрочем, я был действительно непонятен.

— Это она в первый раз поет?

— Нет, без вас иногда поет, — ответила Лукерья.

Я помню всё. Я сошел лестницу, вышел на улицу и пошел было куда попало. Я прошел до угла и стал смотреть куда—то. Тут проходили, меня толкали, я не чувствовал. Я подозвал извозчика и нанял было его к Полицейскому мосту, не знаю зачем. Но потом вдруг бросил и дал ему двугривенный:

— Это за то, что тебя потревожил, — сказал я, бессмысленно смеясь ему, но в сердце вдруг начался какой—то восторг.

Я поворотил домой, учащая шаг. Надтреснутая, бедненькая, порвавшаяся нотка вдруг опять зазвенела в душе моей. Мне дух захватывало. Падала, падала с глаз пелена! Коль

27

запела при мне, так про меня позабыла, — вот что было ясно и страшно. Это сердце чувствовало. Но восторг сиял в душе моей и пересиливал страх.

О ирония судьбы! Ведь ничего другого не было и быть не могло в моей душе всю зиму, кроме этого же восторга, но я сам—то где был всю зиму? был ли я—то при моей душе? Я взбежал по лестнице очень спеша, не знаю, робко ли я вошел. Помню только, что весь пол как бы волновался и я как бы плыл по реке. Я вошел в комнату, она сидела на прежнем месте, шила, наклонив голову, но уже не пела. Бегло и нелюбопытно глянула было на меня, но не взгляд это был, а так только жест, обычный и равнодушный, когда в комнату входит кто—нибудь.

Я прямо подошел и сел подле на стул, вплоть, как помешанный. Она быстро на меня посмотрела, как бы испугавшись: я взял ее за руку и не помню, что сказал ей, то есть хотел сказать, потому что я даже и не мог говорить правильно. Голос мой срывался и не слушался. Да я и не знал, что сказать, а только задыхался.

— Поговорим... знаешь... скажи что—нибудь! — вдруг пролепетал я что—то глупое, — о, до ума ли было? Она опять вздрогнула и отшатнулась в сильном испуге, глядя на мое лицо, но вдруг — строгое удивление выразилось в глазах ее. Да, удивление, и строгое. Она смотрела на меня большими глазами. Эта строгость, это строгое удивление разом так и размозжили меня: "Так тебе еще любви? любви?" — как будто спросилось вдруг в этом удивлении, хоть она и молчала. Но я всё прочел, всё. Всё во мне сотряслось, и я так и рухнул к ногам ее. Да, я свалился ей в ноги. Она быстро вскочила, но я с чрезвычайною силою удержал ее за обе руки.

И я понимал вполне мое отчаяние, о, понимал! Но, верите ли, восторг кипел в моем сердце до того неудержимо, что я думал, что я умру. Я целовал ее ноги в упоении и в счастье. Да, в счастье, безмерном и бесконечном, и это при понимании—то всего безвыходного моего отчаяния! Я плакал, говорил что—то, но не мог говорить. Испуг и удивление сменились в ней вдруг какою—то озабоченною мыслью, чрезвычайным вопросом, и она странно смотрела на меня, дико даже, она хотела что—то поскорее понять и улыбнулась. Ей было страшно стыдно, что я целую ее ноги, и она отнимала их, но я тут же целовал то место на полу, где стояла ее нога. Она видела это и стала вдруг смеяться от стыда (знаете это, когда смеются от стыда). Наступала истерика, я это видел, руки ее вздрагивали, — я об этом не думал и всё бормотал ей, что я ее люблю, что я не встану, "дай мне целовать твое платье... так всю жизнь на тебя молиться..." Не знаю, не помню, — и вдруг она зарыдала и затряслась; наступил страшный припадок истерики. Я испугал ее.

Я перенес ее на постель. Когда прошел припадок, то, присев на постели, она с страшно убитым видом схватила мои руки и просила меня успокоиться: "Полноте, не мучьте себя, успокойтесь!" — и опять начинала плакать. Весь этот вечер я не отходил от нее. Я всё ей говорил, что повезу ее в Булонь купаться в море, теперь, сейчас, через две недели, что у ней такой надтреснутый голосок, я слышал давеча, что я закрою кассу, продам Добронравову, что начнется всё новое, а главное, в Булонь, в Булонь! Она слушала и всё боялась. Всё больше и больше боялась. Но главное для меня было не в том, а в том, что мне всё более и неудержимее хотелось опять лежать у ее ног, и опять целовать, целовать землю, на которой стоят ее ноги, и молиться ей и — "больше я ничего, ничего не спрошу у тебя, — повторял я поминутно, — не отвечай мне ничего, не замечай меня вовсе, и только дай из угла смотреть на тебя, обрати меня в свою вещь, в собачонку..." Она плакала.

— А я думала, что вы меня оставите так, — вдруг вырвалось у ней невольно, так невольно, что, может быть, она совсем и не заметила, как сказала, а между тем — о, это было самое главное, самое роковое ее слово и самое понятное для меня в тот вечер, и как будто меня полоснуло от него ножом по сердцу! Всё оно объяснило мне, всё, но пока она была подле, перед моими глазами, я неудержимо надеялся и был страшно счастлив. О, я страшно утомил ее в тот вечер и понимал это, но беспрерывно думал, что всё сейчас же переделаю. Наконец к ночи она совсем обессилела, я уговорил ее заснуть, и она заснула тотчас, крепко. Я ждал бреда, бред был, но самый легкий. Я вставал ночью почти поминутно, тихонько в туфлях приходил смотреть на нее. Я ломал руки над ней, смотря на это больное существо на этой бедной коечке, железной кроватке, которую я ей купил тогда за три рубля. Я становился на колени, но не смел целовать ее ног у спящей (без ее—то воли!). Я становился молиться богу, но вскакивал опять. Лукерья присматривалась ко мне и всё выходила из кухни. Я вышел к ней и сказал, чтобы она ложилась и что завтра начнется "совсем другое".

И я в это слепо, безумно, ужасно верил. О, восторг, восторг заливал меня! Я ждал только завтрашнего дня. Главное, я не верил никакой беде, несмотря на симптомы. Смысл еще не возвратился весь, несмотря на упавшую пелену, и долго, долго не возвращался, — о, до сегодня, до самого сегодня!! Да и как,

как он мог тогда возвратиться: ведь она тогда была еще жива, ведь она была тут же передо мной, а я перед ней. "Она завтра проснется, и я ей всё это скажу, и она всё увидит". Вот мое тогдашнее рассуждение, просто и ясно, потому и восторг! Главное, тут эта поездка в Булонь. Я почему—то всё думал, что Булонь — это всё, что в Булони что—то заключается окончательное. "В Булонь, в Булонь!.." Я с безумием ждал утра.

III

СЛИШКОМ ПОНИМАЮ

А ведь это было всего только несколько дней назад, пять дней, всего только пять дней, в прошлый вторник! Нет, нет, еще бы только немного времени, только бы капельку подождала и — и я бы развеял мрак! Да разве она не успокоилась? Она на другой же день слушала меня уже с улыбкою, несмотря на замешательство... Главное, всё это время, все пять дней, в ней было замешательство или стыд. Боялась тоже, очень боялась. Я не спорю, я не буду противуречить, подобно безумному: страх был, но ведь как же было ей не бояться? Ведь мы так давно стали друг другу чужды, так отучились один от другого, и вдруг всё это... Но я не смотрел на ее страх, сияло новое!.. Правда, несомненная правда, что я сделал ошибку. И даже было, может быть, много ошибок. Я, и как проснулись на другой день, еще с утра (это в среду было) тотчас вдруг сделал ошибку: я вдруг сделал ее моим другом. Я поспешил, слишком, слишком, но исповедь была нужна, необходима — куда, более чем исповедь! Я не скрыл даже того, что и от себя всю жизнь скрывал. Я прямо высказал, что целую зиму только и делал, что уверен был в ее любви. Я ей разъяснил, что касса ссуд была лишь падением моей воли и ума, личная идея самобичевания и самовосхваления. Я ей объяснил, что я тогда в буфете действительно струсил, от моего характера, от мнительности: поразила обстановка, буфет поразил; поразило то: как это я вдруг выйду, и не выйдет ли глупо? Струсил не дуэли, а того, что выйдет глупо... А потом уж не хотел сознаться, и мучил всех, и ее за то мучил, и на ней затем и женился, чтобы ее за то мучить. Вообще я говорил большею частью как в горячке. Она сама брала меня за руки и просила перестать: "Вы преувеличиваете... вы себя мучаете", — и опять начинались слезы, опять чуть не припадки! Она всё просила, чтобы я ничего этого не говорил и не вспоминал.

Я не смотрел на просьбы или мало смотрел: весна, Булонь! Там солнце, там новое наше солнце, я только это и говорил! Я запер кассу, дела передал Добронравову. Я предложил ей вдруг раздать всё бедным, кроме основных трех тысяч, полученных от крестной матери, на которые и съездили бы в Булонь, а потом воротимся и начнем новую трудовую жизнь. Так и положили, потому что она ничего не сказала... она только улыбнулась. И, кажется, более из деликатности улыбнулась, чтобы меня не огорчить. Я видел ведь, что я ей в тягость, не думайте, что я был так глуп и такой эгоист, что этого не видел. Я всё видел, всё до последней черты, видел и знал лучше всех; всё мое отчаяние стояло на виду!

Я ей всё про меня и про нее рассказывал. И про Лукерью. Я говорил, что я плакал... О, я ведь и переменял разговор, я тоже старался отнюдь не напоминать про некоторые вещи. И даже ведь она оживилась, раз или два, ведь я помню, помню! Зачем вы говорите, что я смотрел и ничего не видел? И если бы только это не случилось, то всё бы воскресло. Ведь рассказывала же она мне еще третьего дня, когда разговор зашел о чтении и о том, что она в эту зиму прочитала, — ведь рассказывала же она и смеялась, когда припомнила эту сцену Жиль Блаза с архиепископом Гренадским. И каким детским смехом, милым, точно как прежде в невестах (миг! миг!); как я был рад! Меня это ужасно поразило, впрочем, про архиепископа: ведь нашла же она, стало быть, столько спокойствия духа и счастья, чтобы смеяться шедевру, когда сидела зимой. Стало быть, уже вполне начала успокоиваться, вполне начала уже верить, что я оставлю ее так. "Я думала, что вы меня оставите так", — вот ведь что она произнесла тогда во вторник! О, десятилетней девочки мысль! И ведь верила, верила, что и в самом деле всё останется так: она за своим столом, а я за своим, и так мы оба, до шестидесяти лет. И вдруг — я тут подхожу, муж, и мужу надо любви! О недоразумение, о слепота моя!

Ошибка тоже была, что я на нее смотрел с восторгом; надо было скрепиться, а то восторг пугал. Но ведь и скрепился же я, я не целовал уже более ее ног. Я ни разу не показал виду, что... ну, что я муж, — о, и в уме моем этого не было, я только молился! Но ведь нельзя же было совсем молчать, ведь нельзя же было не говорить вовсе! Я ей вдруг высказал, что наслаждаюсь ее разговором и что считаю ее несравненно, несравненно образованнее и развитее меня. Она очень покраснела и конфузясь сказала, что я преувеличиваю. Тут я, сдуру—то, не сдержавшись, рассказал, в каком я был восторге, когда, стоя тогда за дверью, слушал ее поединок, поединок невинности с той тварью, и как наслаждался ее умом, блеском остроумия и при таком детском простодушии. Она как бы вся вздрогнула, пролепетала было опять, что я преувеличиваю, но вдруг всё лицо ее омрачилось, она закрылась руками и зарыдала... Тут уж и я не выдержал: опять упал перед нею, опять стал целовать ее ноги, и опять кончилось припадком, так же как во вторник. Это было вчера вечером, а наутро...

Наутро?! Безумец, да ведь это утро было сегодня, еще давеча, только давеча!

Слушайте и вникните: ведь когда мы сошлись давеча у самовара (это после вчерашнего—то припадка), то она даже сама поразила меня своим спокойствием, вот ведь что было! А я—то всю ночь трепетал от страху за вчерашнее. Но вдруг она подходит ко мне, становится сама передо мной и, сложив руки (давеча, давеча!), начала говорить мне, что она преступница, что она это знает, что преступление ее мучило всю зиму, мучает и теперь... что она слишком ценит мое великодушие... "я буду вашей верной женой, я вас буду уважать..." Тут я вскочил и как безумный обнял ее! Я целовал ее, целовал ее лицо, в губы, как муж, в первый раз после долгой разлуки. И зачем только я давеча ушел, всего только на два часа... наши заграничные паспорты... О боже! Только бы пять минут, пять минут раньше воротиться!.. А тут эта толпа в наших воротах, эти взгляды на меня... о господи!

Лукерья говорит (о, я теперь Лукерью ни за что не отпущу, она всё знает, она всю зиму была, она мне всё рассказывать будет), она говорит, что, когда я вышел из дому, и всего—то минут за двадцать каких—нибудь до моего прихода, — она вдруг вошла к барыне в нашу комнату что—то спросить, не помню, и увидала, что образ ее (тот самый образ богородицы) у ней вынут, стоит перед нею на столе, а барыня как будто сейчас только перед ним молилась. "Что вы, барыня?" — "Ничего, Лукерья, ступай... Постой, Лукерья", — подошла к ней и поцеловала ее. "Счастливы вы, говорю, барыня?" — "Да, Лукерья" — "Давно, барыня, следовало бы барину к вам прийти прощения попросить... Слава богу, что вы помирились" — "Хорошо, говорит, Лукерья, уйди, Лукерья", — и улыбнулась

32

этак, да странно так. Так странно, что Лукерья вдруг через десять минут воротилась посмотреть на нее: "Стоит она у стены, у самого окна, руку приложила к стене, а к руке прижала голову, стоит этак и думает. И так глубоко задумавшись стоит, что и не слыхала, как я стою и смотрю на нее из той комнаты. Вижу я, как будто она улыбается, стоит, думает и улыбается. Посмотрела я на нее, повернулась тихонько, вышла, а сама про себя думаю, только вдруг слышу, отворили окошко. Я тотчас пошла сказать, что "свежо, барыня, не простудились бы вы", и вдруг вижу, она стала на окно и уж вся стоит, во весь рост, в отворенном окне, ко мне спиной, в руках образ держит. Сердце у меня тут же упало, кричу: "Барыня, барыня!" Она услышала, двинулась было повернуться ко мне, да не повернулась, а шагнула, образ прижала к груди и — и бросилась из окошка!"

Я только помню, что, когда я в ворота вошел, она была еще теплая. Главное, они все глядят на меня. Сначала кричали, а тут вдруг замолчали и все передо мной расступаются и... и она лежит с образом. Я помню, как во мраке, что я подошел молча и долго глядел, и все обступили и что—то говорят мне. Лукерья тут была, а я не видал. Говорит, что говорила со мной. Помню только того мещанина: он всё кричал мне, что "с горстку крови изо рта вышло, с горстку, с горстку!", и указывал мне на кровь тут же на камне. Я, кажется, тронул кровь пальцем, запачкал палец, гляжу на палец (это помню), а он мне всё: "С горстку, с горстку!"

— Да что такое "с горстку"? — завопил я, говорят, изо всей силы, поднял руки и бросился на него...

О, дико, дико! Недоразумение! Неправдоподобие! Невозможность!

IV

ВСЕГО ТОЛЬКО ПЯТЬ МИНУТ ОПОЗДАЛ

А разве нет? Разве это правдоподобно? Разве можно сказать, что это возможно? Для чего, зачем умерла эта женщина?

О, поверьте, понимаю; но для чего она умерла — все—таки

вопрос. Испугалась любви моей, спросила себя серьезно: принять или не принять, и не вынесла вопроса, и лучше умерла. Знаю, знаю, нечего голову ломать: обещаний слишком много надавала, испугалась, что сдержать нельзя, — ясно. Тут есть несколько обстоятельств совершенно ужасных.

Потому что для чего она умерла? все—таки вопрос стоит. Вопрос стучит, у меня в мозгу стучит. Я бы и оставил ее только так, если б ей захотелось, чтоб осталось так. Она тому не поверила, вот что! Нет, нет, я вру, вовсе не это. Просто потому, что со мной надо было честно: любить так всецело любить, а не так, как любила бы купца. А так как она была слишком целомудренна, слишком чиста, чтоб согласиться на такую любовь, какой надо купцу, то и не захотела меня обманывать. Не захотела обманывать полулюбовью под видом любви или четвертьлюбовью. Честны уж очень, вот что—с! Широкость сердца—то хотел тогда привить, помните? Странная мысль.

Ужасно любопытно: уважала ли она меня? Я не знаю, презирала ли она меня или нет? Не думаю, чтоб презирала. Странно ужасно: почему мне ни разу не пришло в голову, во всю зиму, что она меня презирает? Я в высшей степени был уверен в противном до самой той минуты, когда она поглядела на меня тогда с строгим удивлением. С строгим именно. Тут—то я сразу и понял, что она презирает меня. Понял безвозвратно, навеки! Ах, пусть, пусть презирала бы, хоть всю жизнь, но — пусть бы она жила, жила! Давеча еще ходила, говорила. Совсем не понимаю, как она бросилась из окошка! И как бы мог я предположить даже за пять минут? Я позвал Лукерью. Я теперь Лукерью ни за что не отпущу, ни за что!

О, нам еще можно было сговориться. Мы только страшно отвыкли в зиму друг от друга, но разве нельзя было опять приучиться? Почему, почему мы бы не могли сойтиться и начать опять новую жизнь? Я великодушен, она тоже — вот и точка соединения! Еще бы несколько слов, два дня, не больше, и она бы всё поняла.

Главное, обидно то, что всё это случай — простой, варварский, косный случай. Вот обида! Пять минут, всего, всего только пять минут опоздал! Приди я за пять минут — и мгновение пронеслось бы мимо, как облако, и ей бы никогда потом не пришло в голову. И кончилось бы тем, что она бы всё поняла. А теперь опять пустые комнаты, опять я один. Вон маятник стучит, ему дела нет, ему ничего не жаль. Нет никого — вот беда!

Я хожу, я всё хожу. Знаю, знаю, не подсказывайте: вам смешно, что я жалуюсь на случай и на пять минут? Но ведь тут очевидность. Рассудите одно: она даже записки не оставила, что вот, дескать, "не вините никого в моей смерти", как все оставляют. Неужто она не могла рассудить, что могут потревожить даже Лукерью: "Одна, дескать, с ней была, так ты и толкнула ее". По крайней мере, затаскали бы без вины, если бы только на дворе четверо человек не видали из окошек из флигеля и со двора, как стояла с образом в руках и сама кинулась. Но ведь и это тоже случай, что люди стояли и видели. Нет, всё это — мгновение, одно лишь безотчетное мгновение. Внезапность и фантазия! Что ж такое, что перед образом молилась? Это не значит, что перед смертью. Всё мгновение продолжалось, может быть, всего только каких—нибудь десять минут, всё решение — именно когда у стены стояла, прислонившись головой к руке, и улыбалась. Влетела в голову мысль, закружилась и — и не могла устоять перед нею.

Тут явное недоразумение, как хотите. Со мной еще можно бы жить. А что если малокровие? Просто от малокровия, от истощения жизненной энергии? Устала она в зиму, вот что...

Опоздал!!!

Какая она тоненькая в гробу, как заострился носик! Ресницы лежат стрелками. И ведь как упала — ничего не размозжила, не сломала! Только одна эта "горстка крови". Десертная ложка то есть. Внутреннее сотрясение. Странная мысль: если бы можно было не хоронить? Потому что если ее унесут, то... о нет, унести почти невозможно! О, я ведь знаю, что ее должны унести, я не безумный и не брежу вовсе, напротив, никогда еще так ум не сиял, — но как же так опять никого в доме, опять две комнаты, и опять я один с закладами. Бред, бред, вот где бред! Измучил я ее — вот что!

Что мне теперь ваши законы? К чему мне ваши обычаи, ваши нравы, ваша жизнь, ваше государство, ваша вера? Пусть судит меня ваш судья, пусть приведут меня в суд, в ваш гласный суд, и я скажу, что я не признаю ничего. Судья крикнет: "Молчите, офицер!" А я закричу ему: "Где у тебя теперь такая сила, чтобы я послушался? Зачем мрачная косность разбила то, что всего дороже? Зачем же мне теперь ваши законы? Я отделяюсь". О, мне всё равно!

Слепая, слепая! Мертвая, не слышит! Не знаешь ты, каким бы раем я оградил тебя. Рай был у меня в душе, я бы насадил его кругом тебя! Ну, ты бы меня не любила, — и пусть, ну что же? Всё и было бы так, всё бы и оставалось так. Рассказывала бы только мне как другу, — вот бы и радовались, и смеялись радостно, глядя друг другу в глаза. Так бы и жили. И если б и другого полюбила, — ну и пусть, пусть! Ты бы шла с ним и смеялась, а я бы смотрел с другой стороны улицы... О, пусть всё, только пусть бы она открыла хоть раз глаза! На одно мгновение, только на одно! взглянула бы на меня, вот как давеча, когда стояла передо мной и давала клятву, что будет верной женой! О, в одном бы взгляде всё поняла!

Косность! О, природа! Люди на земле одни — вот беда! "Есть ли в поле жив человек?" — кричит русский богатырь. Кричу и я, не богатырь, и никто не откликается. Говорят, солнце живит вселенную. Взойдет солнце и — посмотрите на него, разве оно не мертвец? Всё мертво, и всюду мертвецы. Одни только люди, а кругом них молчание — вот земля! "Люди, любите друг друга" — кто это сказал? чей это завет? Стучит маятник бесчувственно, противно. Два часа ночи. Ботиночки ее стоят у кроватки, точно ждут ее... Нет, серьезно, когда ее завтра унесут, что ж я буду?

КРОКОДИЛ

Необыкновенное событие, или Пассаж в Пассаже

справедливая повесть о том, как один господин, известных лет и известной наружности, пассажным крокодилом был проглочен живьем, весь без остатка, и что из этого вышло

Ohé Lambert! Où est Lambert? As—tu vu Lambert?[1]

I

Сего тринадцатого января текущего шестьдесят пятого года, в половине первого пополудни, Елена Ивановна, супруга Ивана Матвеича, образованного друга моего, сослуживца и отчасти отдаленного родственника, пожелала посмотреть крокодила, показываемого за известную плату в Пассаже. Имея уже в кармане свой билет для выезда (не столько по болезни, сколько из любознательности) за границу, — а следственно, уже считаясь по службе в отпуску и, стало быть, будучи совершенно в то утро свободен, Иван Матвеич не только не воспрепятствовал непреодолимому желанию своей супруги, но даже сам возгорелся любопытством. "Прекрасная идея, — сказал он вседовольно, — осмотрим крокодила! Собираясь в Европу, не худо познакомиться еще на месте с населяющими ее туземцами", — и с сими словами, приняв под ручку свою супругу, тотчас же отправился с нею в Пассаж. Я же, по обыкновению моему, увязался с ними рядом — в виде домашнего друга. Никогда еще я не видел Ивана Матвеича в более приятном расположении духа, как в то памятное для меня утро, — подлинно, что мы не знаем заранее судьбы своей! Войдя в Пассаж, он немедленно стал восхищаться великолепием здания, а подойдя к магазину, в котором показывалось вновь привезенное в столицу чудовище, сам пожелал заплатить за меня четвертак крокодильщику, чего прежде с ним никогда не случалось Вступив в небольшую комнату, мы заметили, что в ней кроме крокодила заключаются еще попугаи из иностранной породы какаду и,

---

[1] Эй, Ламбер! Где Ламбер? Видел ты Ламбера? (франц.)

сверх того, группа обезьян в особом шкафу в углублений. У самого же входа, у левой стены стоял большой жестяной ящик в виде как бы ванны, на крытый крепкою железною сеткой, а на дне его было на вершок воды. В этой—то мелководной луже сохранялся огромнейший крокодил, лежавший, как бревно, совершен но без движения и, видимо, лишившийся всех своих способностей от нашего сырого и негостеприимного для иностранцев климата. Сие чудовище ни в ком из нас сначала не возбудило особого любопытства.

— Так это—то крокодил! — сказала Елена Ивановна голосом сожаления и нараспев, — а я думала, что он.. какой—нибудь другой!

Вероятнее всего, она думала, что он бриллиантовый. Вышедший к нам немец, хозяин, собственник крокодила с чрезвычайно гордым видом смотрел на нас.

— Он прав, — шепнул мне Иван Матвеич, — ибо со знает, что он один во всей России показывает теперь крокодила.

Это совершенно вздорное замечание я тоже отношу к чрезмерно благодушному настроению, овладевшему Иваном Матвеичем, в других случаях весьма завистливым.

— Мне кажется, ваш крокодил не живой, — проговорила опять Елена Ивановна, пикированная неподатливостью хозяина, и с грациозной улыбкой обращаясь к нему, чтоб преклонить сего грубияна, — маневр, столь свойственный женщинам.

— О нет, мадам, — отвечал тот ломаным русским языком и тотчас же, приподняв до половины сетку ящика, стал палочкой тыкать крокодила в голову.

Тогда коварное чудовище, чтоб показать свои признаки жизни, слегка пошевелило лапами и хвостом, приподняло рыло и испустило нечто подобное продолжительному сопенью

— Ну, не сердись, Карльхен! — ласкательно сказал немец, удовлетворенный в своем самолюбии.

— Какой противный этот крокодил! Я даже испугалась, еще кокетливее пролепетала Елена Ивановна, — теперь он мне будет сниться во сне.

— Но он вас не укусит во сне, мадам, — галантерейно подхватил немец и прежде всех засмеялся остроумию слов своих, но никто из нас не отвечал ему.

— Пойдемте, Семен Семеныч, — продолжала Елена Ивановна, обращаясь исключительно ко мне, — посмотрите лучше обезьян. Я ужасно люблю обезьян; из них такие душки... а крокодил ужасен.

— О, не бойся, друг мой, — прокричал нам вслед Иван

Матвеич, приятно храбрясь перед своею супругою. — Этот сонливый обитатель фараонова царства ничего нам не сделает, — и остался у ящика. Мало того, взяв свою перчатку, он начал щекотать ею нос крокодила, желая, как признался он после, заставить его вновь сопеть. Хозяин же последовал за Еленой Ивановной, как за дамою, к шкафу с обезьянами.

Таким образом, всё шло прекрасно и ничего нельзя было предвидеть. Елена Ивановна даже до резвости развлеклась обезьянами и, казалось, вся отдалась им. Она вскрикивала от удовольствия, беспрерывно обращаясь ко мне, как будто не желая и внимания обращать на хозяина, и хохотала от замечаемого ею сходства сих мартышек с ее короткими знакомыми и друзьями. Развеселился и я, ибо сходство было несомненное. Немец—собственник не знал, смеяться ему или нет, и потому под конец совсем нахмурился. И вот в это—то самое мгновение вдруг страшный, могу даже сказать, неестественный крик потряс комнату. Не зная, что подумать, я сначала оледенел на месте; но, замечая, что кричит уже и Елена Ивановна, быстро оборотился и — что же увидел я! Я увидел, — о боже! — я увидел несчастного Ивана Матвеича в ужасных челюстях крокодиловых, перехваченного ими поперек туловища, уже поднятого горизонтально на воздух и отчаянно болтавшего в нем ногами. Затем миг — и его не стало. Но опишу в подробности, потому что я всё время стоял неподвижно и успел разглядеть весь происходивший передо мной процесс с таким вниманием и любопытством, какого даже и не запомню. "Ибо, — думал я в ту роковую минуту, — что, если б вместо Ивана Матвеича случилось всё это со мной, — какова была бы тогда мне неприятность!" Но к делу. Крокодил начал с того, что, повернув бедного Ивана Матвеича в своих ужасных челюстях к себе ногами, сперва проглотил самые ноги; потом, отрыгнув немного Ивана Матвеича, старавшегося выскочить и цеплявшегося руками за ящик, вновь втянул его в себя уже выше поясницы. Потом, отрыгнув еще, глотнул еще и еще раз. Таким образом Иван Матвеич видимо исчезал в глазах наших. Наконец, глотнув окончательно, крокодил вобрал в себя всего моего образованного друга и на этот раз уже без остатка. На поверхности крокодила можно было заметить, как проходил по его внутренности Иван Матвеич со всеми своими формами. Я было уже готовился закричать вновь, как вдруг судьба еще раз захотела вероломно подшутить над нами: крокодил понатужился, вероятно давясь от огромности проглоченного им предмета, снова раскрыл всю ужасную пасть свою, и из нее, в виде последней отрыжки, вдруг на одну секунду выскочила голова Ивана Матвеича, с отчаянным выражением в лице, причем очки его мгновенно свалились с его носу на дно ящика. Казалось, эта отчаянная голова для того только и выскочила, чтоб еще раз бросить последний взгляд на все предметы и мысленно проститься со всеми светскими удовольствиями. Но она не успела в своем намерении: крокодил вновь собрался с силами, глотнул — и вмиг она снова исчезла, в этот раз уже навеки. Это появление и исчезновение еще живой человеческой головы было так ужасно, но вместе с тем — от быстроты ли и неожиданности действия или вследствие падения с носу очков — заключало в себе что—то до того смешное, что я вдруг и совсем неожиданно фыркнул; но, спохватившись, что смеяться в такую минуту мне в качестве домашнего друга неприлично, обратился тотчас же к Елене Ивановне и с симпатическим видом сказал ей:

— Теперь капут нашему Ивану Матвеичу!

Не могу даже и подумать выразить, до какой степени было сильно волнение Елены Ивановны в продолжение всего процесса. Сначала, после первого крика, она как бы замерла на месте и смотрела на представлявшуюся ей кутерьму, по—видимому, равнодушно, но с чрезвычайно выкатившимися глазами; потом вдруг залилась раздирающим воплем, но я схватил ее за руки. В это мгновение и хозяин, сначала тоже отупевший от ужаса, вдруг всплеснул руками и закричал, глядя на небо:

— О мой крокодиль, о мейн аллерлибстер Карльхен! Муттер, муттер, муттер!

На этот крик отворилась задняя дверь и показалась муттер, в чепце, румяная, пожилая, но растрепанная, и с визгом бросилась к своему немцу.

Тут—то начался содом: Елена Ивановна выкрикивала, как исступленная, одно только слово: "Вспороть! вспороть!" — и бросалась к хозяину и к муттер, по—видимому, упрашивая их — вероятно, в самозабвении — кого—то и за что—то вспороть. Хозяин же и муттер ни на кого из нас не обращали внимания: они оба выли, как телята, около ящика.

— Он пропадиль, он сейчас будет лопаль, потому что он проглатиль ганц чиновник! — кричал хозяин.

— Унзер Карльхен, унзер аллерлибстер Карльхен вирд штербен! — выла хозяйка.

— Мы сиротт и без клеб! — подхватывал хозяин.

— Вспороть, вспороть, вспороть! — заливалась Елена Ивановна, вцепившись в сюртук немца.

40

— Он дразниль крокодиль, — зачем ваш муж дразниль крокодиль! — кричал, отбиваясь, немец, — вы заплатит, если Карльхен вирд лопаль, — дас вар мейн зон, дас вар мейн айнцигер зон!

Признаюсь, я был в страшном негодовании, видя такой эгоизм заезжего немца и сухость сердца в его растрепанной муттер; тем не менее беспрерывно повторяемые крики Елены Ивановны: "Вспороть, вспороть!" — еще более возбуждали мое беспокойство и увлекли наконец всё мое внимание, так что я даже испугался... Скажу заранее — странные сии восклицания были поняты мною совершенно превратно: мне показалось, что Елена Ивановна потеряла на мгновение рассудок, но тем не менее, желая отметить за погибель любезного ей Ивана Матвеича, предлагала, в виде следуемого ей удовлетворения, наказать крокодила розгами. А между тем она разумела совсем другое. Не без смущения озираясь на дверь, начал я упрашивать Елену Ивановну успокоиться и, главное, не употреблять щекотливого слова "вспороть". Ибо такое ретроградное желание здесь, в самом сердце Пассажа и образованного общества, в двух шагах от той самой залы, где, может быть, в эту самую минуту господин Лавров читал публичную лекцию, — не только было невозможно, но даже немыслимо и с минуты на минуту могло привлечь на нас свистки образованности и карикатуры г—на Степанова. К ужасу моему, я немедленно оказался прав в пугливых подозрениях моих: вдруг раздвинулась занавесь, отделявшая крокодильную от входной каморки, в которой собирали четвертаки, и на пороге показалась фигура с усами, с бородой и с фуражкой в руках, весьма сильно нагибавшаяся верхнею частью тела вперед и весьма предусмотрительно старавшаяся держать свои ноги за порогом крокодильной, чтоб сохранить за собой право не заплатить за вход.

— Такое ретроградное желание, сударыня, — сказал незнакомец, стараясь не перевалиться как—нибудь к нам и устоять за порогом, — не делает чести вашему развитию и обусловливается недостатком фосфору в ваших мозгах. Вы немедленно будете освистаны в хронике прогресса и в сатирических листках наших...

Но он не докончил: опомнившийся хозяин, с ужасом увидев человека, говорящего в крокодильной и ничего за это не заплатившего, с яростию бросился на прогрессивного незнакомца и обоими кулаками вытолкал его в шею. На минуту оба скрылись из глаз наших за занавесью, и тут только я наконец догадался, что вся кутерьма вышла из ничего; Елена

Ивановна оказалась совершенно невинною: она отнюдь и не думала, как уже заметил я выше, подвергать крокодила ретроградному и унизительному наказанию розгами, а просто—запросто пожелала, чтоб ему только вспороли ножом брюхо и таким образом освободили из его внутренности Ивана Матвеича.

— Как! ви хатит, чтоб мой крокодиль пропадиль! — завопил вбежавший опять хозяин, — нетт, пускай ваш муж сперва пропадиль, а потом крокодиль!.. Мейн фатер показаль крокодиль, мейн гросфатер показаль крокодиль, мейн зон будет показать крокодиль, и я будет показать крокодиль! Все будут показать крокодиль! Я ганц Европа известен, а ви неизвестен ганц Европа и мне платит штраф.

— Я, я! — подхватила злобная немка, — ми вас не пускайт, штраф, когда Карльхен лопаль!

— Да и бесполезно вспарывать, — спокойно прибавил я, желая отвлечь Елену Ивановну поскорее домой, — ибо наш милый Иван Матвеич, по всей вероятности, парит, теперь где—нибудь в эмпиреях.

— Друг мой, — раздался в эту минуту совершенно, неожиданно голос Ивана Матвеича, изумивший нас до крайности, — друг мой, мое мнение — действовать прямо через контору надзирателя, ибо немец без помощи полиции не поймет истины.

Эти слова, высказанные твердо, с весом и выражавшие присутствие духа необыкновенное, сначала до того изумили нас, что мы все отказались было верить ушам нашим.

Но, разумеется, тотчас же подбежали к крокодильному ящику и столько же с благоговением, сколько и с недоверчивостью слушали несчастного узника. Голос его был заглушенный, тоненький и даже крикливый, как будто выходивший из значительного от нас отдаления. Похоже было на то, когда какой—либо шутник, уходя в другую комнату и закрыв рот обыкновенной спальной подушкой, начинает кричать, желая представить оставшейся в другой комнате публике, как перекликаются два мужика в пустыне или будучи разделены между собою глубоким оврагом, — что я имел удовольствие слышать однажды у моих знакомых на святках.

— Иван Матвеич, друг мой, итак, ты жив! — лепетала Елена Ивановна.

— Жив и здоров, — отвечал Иван Матвеич, — и благодаря всевышнего проглочен без всякого повреждения. Беспокоюсь же единственно о том, как взглянет на сей эпизод начальство;

ибо, получив билет за границу, угодил в крокодила, что даже и неостроумно...

— Но, друг мой, не заботься об остроумии; прежде всего надобно тебя отсюда как—нибудь выковырять, — прервала Елена Ивановна.

— Ковыряйт! — вскричал хозяин, — я не дам ковыряйт крокодиль. Теперь публикум будет ошень больше ходиль, а я буду фуфциг копеек просиль, и Карльхен перестанет лопаль.

— Гот зей данк! — подхватила хозяйка.

— Они правы, — спокойно заметил Иван Матвеич, — экономический принцип прежде всего.

— Друг мой, — закричал я, — сейчас же лечу по начальству и буду жаловаться, ибо предчувствую, что нам одним этой каши не сварить.

— И я то же думаю, — заметил Иван Матвеич, — но без экономического вознаграждения трудно в наш век торгового кризиса даром вспороть брюхо крокодилово, а между тем представляется неизбежный вопрос: что возьмет хозяин за своего крокодила? а с ним и другой: кто заплатит? ибо ты знаешь, я средств не имею...

— Разве в счет жалованья, — робко заметил я, но хозяин тотчас же меня прервал:

— Я не продавайт крокодиль, я три тысячи продавайт крокодиль, я четыре тысячи продавайт крокодиль! Теперь публикум будет много ходиль. Я пять тысяч продавайт крокодиль!

Одним словом, он куражился нестерпимо; корыстолюбие и гнусная алчность радостно сияли в глазах его.

— Еду! — закричал я в негодовании.

— И я! и я тоже! я поеду к самому Андрею Осипычу, я смягчу его моими слезами, — заныла Елена Ивановна.

— Не делай этого, друг мой, — поспешно прервал ее Иван Матвеич, ибо давно уже ревновал свою супругу к Андрею Осипычу и знал, что она рада съездить поплакать перед образованным человеком, потому что слезы к ней очень шли. — Да и тебе, мой друг, не советую, — продолжал он, обращаясь ко мне, — нечего ехать прямо с бухты—барахты; еще что из этого выйдет. А заезжай—ка ты лучше сегодня, так, в виде частного посещения, к Тимофею Семенычу. Человек он старомодный и недалекий, но солидный и, главное, — прямой. Поклонись ему от меня и опиши обстоятельства дела. Так как я должен ему за последний ералаш семь рублей, то передай их ему при этом удобном случае: это смягчит сурового старика. Во всяком случае, его совет может послужить для нас руководством. А теперь уведи пока Елену Ивановну... Успокойся, друг мой, — продолжал он ей, — я устал от всех этих криков и бабьих дрязг и желаю немного соснуть. Здесь же тепло и мягко, хотя я и не успел еще осмотреться в этом неожиданном для меня убежище...

— Осмотреться! Разве тебе там светло? — вскрикнула обрадованная Елена Ивановна.

— Меня окружает непробудная ночь, — отвечал бедный узник, — но я могу щупать и, так сказать, осматриваться руками... Прощай же, будь спокойна и не отказывай себе в развлечениях. До завтра! Ты же, Семен Семеныч, побывай ко мне вечером, и так как ты рассеян и можешь забыть, то завяжи узелок...

Признаюсь, я и рад был уйти, потому что слишком устал, да отчасти и наскучило. Взяв поспешно под ручку унылую, но похорошевшую от волнения Елену Ивановну, я поскорее вывел ее из крокодильной.

— Вечером за вход опять четвертак! — крикнул нам вслед хозяин.

— О боже, как они жадны! — проговорила Елена Ивановна, глядясь в каждое зеркало в простенках Пассажа и, видимо, сознавая, что она похорошела.

— Экономический принцип, — отвечал я с легким волнением и гордясь моею дамою перед прохожими.

— Экономический принцип... — протянула она симпатическим голоском, — я ничего не поняла, что говорил сейчас Иван Матвеич об этом противном экономическом принципе.

— Я объясню вам, — отвечал я и немедленно начал рассказывать о благодетельных результатах привлечения иностранных капиталов в наше отечество, о чем прочел еще утром в "Петербургских известиях" и в "Волосе".

— Как это всё странно! — прервала она, прослушав некоторое время, — да перестаньте же, противный; какой вы вздор говорите... Скажите, я очень красна?

— Вы прекрасны, а не красны! — заметил я, пользуясь случаем сказать комплимент.

— Шалун! — пролепетала она самодовольно. — Бедный Иван Матвеич, — прибавила она через минуту, кокетливо склонив на плечо головку, — мне, право, его жаль, ах боже мой! — вдруг вскрикнула она, — скажите, как же он будет сегодня там кушать и... и... как же он будет... если ему чего—нибудь будет надобно?

— Вопрос непредвиденный, — отвечал я, тоже

озадаченный. Мне, по правде, это не приходило и в голову, до того женщины практичнее нас, мужчин, при решении житейских задач!

— Бедняжка, как это он так втюрился... и никаких развлечений и темно... как досадно, что у меня не осталось его фотографической карточки... Итак, я теперь вроде вдовы, — прибавила она с обольстительной улыбкой, очевидно интересуясь новым своим положением, — гм... все—таки мне его жаль!..

Одним словом, выражалась весьма понятная и естественная тоска молодой и интересной жены о погибшем муже. Я привел ее наконец домой, успокоил и, пообедав вместе с нею, после чашки ароматного кофе, отправился в шесть часов к Тимофею Семенычу, рассчитывая, что в этот час все семейные люди определенных занятий сидят или лежат по домам.

Написав сию первую главу слогом, приличным рассказанному событию, я намерен далее употреблять слог хотя и не столь возвышенный, но зато более натуральный, о чем и извещаю заранее читателя.

II

Почтенный Тимофей Семеныч встретил меня как—то торопливо и как будто немного смешавшись. Он провел меня в свой тесный кабинет и плотно притворил дверь: "Чтобы дети не мешали", — проговорил он с видимым беспокойством. Затем посадил меня на стул у письменного стола, сам сел в кресла, запахнул полы своего старого ватного халата и принял на всякий случай какой—то официальный, даже почти строгий вид, хотя вовсе не был моим или Ивана Матвеича начальником, а считался до сих пор обыкновенным сослуживцем и даже знакомым.

— Прежде всего, — начал он, — возьмите во внимание, что я не начальство, а такой же точно подначальный человек, как и вы, как и Иван Матвеич... Я сторона—с и ввязываться ни во что не намерен.

Я удивился, что, по—видимому, он уже всё это знает. Несмотря на то, рассказал ему вновь всю историю с подробностями. Говорил я даже с волнением, ибо исполнял в эту минуту обязанность истинного друга. Он выслушал без особого удивления, но с явным признаком подозрительности.

— Представьте, — сказал он, выслушав, — я всегда полагал, что с ним непременно это случится.

— Почему же—с, Тимофей Семеныч, случай сам по себе весьма необыкновенный—с...

— Согласен. Но Иван Матвеич во всё течение службы своей именно клонил к такому результату. Прыток—с, заносчив даже. Всё "прогресс" да разные идеи—с, а вот куда прогресс—то приводит!

— Но ведь это случай самый необыкновенный, и общим правилом для всех прогрессистов его никак нельзя положить...

— Нет, уж это так—с. Это, видите ли, от излишней образованности происходит, поверьте мне—с. Ибо люди излишне образованные лезут во всякое место—с и преимущественно туда, где их вовсе не спрашивают. Впрочем, может, вы больше знаете, — прибавил он, как бы обижаясь. — Я человек не столь образованный и старый; с солдатских детей начал, и службе моей пятидесятилетний юбилей сего года пошел—с.

— О нет, Тимофей Семеныч, помилуйте. Напротив, Иван Матвеич жаждет вашего совета, руководства вашего жаждет. Даже, так сказать, со слезами—с.

— "Так сказать со слезами—с". Гм. Ну, это слезы крокодиловы, и им не совсем можно верить. Ну, зачем, скажите, потянуло его за границу? Да и на какие деньги? Ведь он и средств не имеет?

— На скопленное, Тимофей Семеныч, из последних наградных, — отвечал я жалобно. — Всего на три месяца хотел съездить, — в Швейцарию... на родину Вильгельма Телля.

— Вильгельма Телля? Гм!

— В Неаполе встретить весну хотел—с. Осмотреть музей, нравы, животных...

— Гм! животных? А по—моему, так просто из гордости. Каких животных? Животных? Разве у нас мало животных? Есть зверинцы, музеи, верблюды. Медведи под самым Петербургом живут. Да вот он и сам засел в крокодиле...

— Тимофей Семеныч, помилуйте, человек в несчастье, человек прибегает как к другу, как к старшему родственнику, совета жаждет, а вы — укоряете... Пожалейте хоть несчастную Елену Ивановну!

— Это вы про супругу—с? Интересная дамочка, — проговорил Тимофей Семеныч, видимо смягчаясь и с аппетитом нюхнув табаку. — Особа субтильная. И как полна, и головку всё так на бочок, на бочок... очень приятно—с. Андрей Осипыч еще третьего дня упоминал.

— Упоминал?

— Упоминал—с, и в выражениях весьма лестных. Бюст, говорит, взгляд, прическа... Конфетка, говорит, а не дамочка, и тут же засмеялись. Молодые они еще люди. — Тимофей Семеныч с треском высморкался. — А между тем вот и молодой человек, а какую карьеру себе составляют—с...

— Да ведь тут совсем другое, Тимофей Семеныч.

— Конечно, конечно—с.

— Так как же, Тимофей Семеныч?

— Да что же я—то могу сделать?

— Посоветуйте—с, руководите, как опытный человек, как родственник! Что предпринять? Идти ли по начальству или...

— По начальству? Отнюдь нет—с, — торопливо произнес Тимофей Семеныч. — Если хотите совета, то прежде всего надо это дело замять и действовать, так сказать, в виде частного лица. Случай подозрительный—с, да и небывалый. Главное, небывалый, примера не было—с, да и плохо рекомендующий... Поэтому осторожность прежде всего... Пусть уж там себе полежит. Надо выждать, выждать...

— Да как же выждать, Тимофей Семеныч? Ну что, если он там задохнется?

— Да почему же—с? Ведь вы, кажется, говорили, что он Даже с довольным комфортом устроился?

Я рассказал всё опять. Тимофей Семеныч задумался.

— Гм! — проговорил он, вертя табакерку в руках, — по—моему, даже и хорошо, что он там на время полежит, вместо заграницы—то—с. Пусть на досуге подумает; разумеется, задыхаться не надо, и потому надо взять надлежащие меры для сохранения здоровья: ну, там, остерегаться кашля и прочего... А что касается немца, то, по моему личному мнению, он в своем праве, и даже более другой стороны, потому что в его крокодила влезли без спросу, а не он влез без спросу в крокодила Ивана Матвеичева, у которого, впрочем, сколько я запомню, и не было своего крокодила. Ну—с, а крокодил составляет собственность, стало быть, без вознаграждения его взрезать нельзя—с.

— Для спасения человечества, Тимофей Семеныч.

— Ну уж это дело полиции—с. Туда и следует отнестись.

— Да ведь Иван Матвеич может и у нас понадобиться. Его могут потребовать—с.

— Иван—то Матвеич понадобиться? хе—хе! К тому же ведь он считается в отпуску, стало быть, мы можем и игнорировать, а он пусть осматривает там европейские земли. Другое дело, если он после сроку не явится, ну тогда и спросим, справки наведем...

— Три—то месяца! Тимофей Семеныч, помилуйте!

— Сам виноват—с. Ну, кто его туда совал? Эдак, пожалуй, придется ему казенную няньку нанять—с, а этого и по штату не полагается. А главное — крокодил есть собственность, стало быть, тут уже так называемый экономический принцип в действии. А экономический принцип прежде всего—с. Еще третьего дня у Луки Андреича на вечере Игнатий Прокофьич говорил, Игнатия Прокофьича знаете? Капиталист, при делах—с, и знаете складно так говорит: "Нам нужна, говорит, промышленность, промышленности у нас мало. Надо ее родить. Надо капиталы родить, значит, среднее сословие, так называемую буржуазию надо родить. А так как нет у нас капиталов, значит, надо их из—за границы привлечь. Надо, во—первых, дать ход иностранным компаниям для скупки по участкам наших земель, как везде утверждено теперь за границей. Общинная собственность — яд, говорит, гибель! — И, знаете, с жаром так говорит; ну, им прилично: люди капитальные... да и не служащие. — С общиной, говорит, ни промышленность, ни земледелие не возвысятся. Надо, говорит, чтоб иностранные компании скупили по возможности всю нашу землю по частям, а потом дробить, дробить, дробить как можно в мелкие участки, и знаете — решительно так произносит: дрробить, говорит, а потом и продавать в личную собственность. Да и не продавать, а просто арендовать. Когда, говорит, вся земля будет у привлеченных иностранных компаний в руках, тогда, значит, можно какую угодно цену за аренду назначить. Стало быть, мужик будет работать уже втрое, из одного насущного хлеба, и его можно когда угодно согнать. Значит, он будет чувствовать, будет покорен, прилежен и втрое за ту же цену выработает. А теперь в общине что ему! Знает, что с голоду не помрет, ну и ленится, и пьянствует. А меж тем к нам и деньги привлекутся, и капиталы заведутся, и буржуазия пойдет. Вон и английская политическая и литературная газета "Тайме", разбирая наши финансы, отзывалась намедни, что потому и не растут наши финансы, что среднего сословия нет у нас, кошелей больших нет, пролетариев услужливых нет..." Хорошо говорит Игнатий Прокофьич. Оратор—с. Сам по начальству отзыв хочет подать и потом в "Известиях" напечатать. Это уж не стишки, подобно Ивану Матвеичу...

— Так как же Иван—то Матвеич? — ввернул я, дав

поболтать старику. Тимофей Семеныч любил иногда поболтать и тем показать, что и он не отстал и всё это знает.

— Иван—то Матвеич как—с? Так ведь я к тому и клоню—с. Сами же мы вот хлопочем о привлечении иностранных капиталов в отечество, а вот посудите: едва только капитал привлеченного крокодильщика удвоился через Ивана Матвеича, а мы, чем бы протежировать иностранного собственника, напротив, стараемся самому—то основному капиталу брюхо вспороть. Ну, сообразно ли это? По—моему, Иван Матвеич, как истинный сын отечества, должен еще радоваться и гордиться тем, что собою ценность иностранного крокодила удвоил, а пожалуй, еще и утроил. Это для привлечения надобно—с. Удастся одному, смотришь, и другой с крокодилом приедет, а третий уж двух и трех зараз привезет, а около них капиталы группируются. Вот и буржуазия. Надобно поощрять—с.

— Помилуйте, Тимофей Семеныч! — вскричал я, — да вы требуете почти неестественного самоотвержения от бедного Ивана Матвеича!

— Ничего я не требую—с и прежде всего прошу вас — как уже и прежде просил — сообразить, что я не начальство и, стало быть, требовать ни от кого и ничего не могу. Как сын отечества говорю, то есть говорю не как "Сын отечества", а просто как сын отечества говорю. Опять—таки кто ж велел ему влезть в крокодила? Человек солидный, человек известного чина, состоящий в законном браке, и вдруг — такой шаг! Сообразно ли это?

— Но ведь этот шаг случился нечаянно—с.

— А кто его знает? И притом из каких сумм заплатить крокодильщику, скажите—ка?

— Разве в счет жалованья, Тимофей Семеныч?

— Достанет ли—с?

— Недостанет, Тимофей Семеныч, — отвечал я с грустию. — Крокодильщик сначала испугался, что лопнет крокодил, а потом, как убедился, что всё благополучно, заважничал и обрадовался, что может цену удвоить.

— Утроить, учетверить разве! Публика теперь прихлынет, а крокодильщики ловкий народ. К тому же и мясоед, склонность к увеселениям и потому, повторяю, прежде всего пусть Иван Матвеич наблюдает инкогнито, пусть не торопится. Пусть все, пожалуй, знают, что он в крокодиле, но не знают официально. В этом отношении Иван Матвеич находится даже в особенно благоприятных обстоятельствах, потому что числится за границей. Скажут, что в крокодиле, а мы и не поверим. Это можно так подвести. Главное — пусть выжидает, да и куда ему спешить?

— Ну, а если...

— Не беспокойтесь, сложения плотного—с...

— Ну, а потом, когда выждет?

— Ну—с, не скрою от вас, что случай до крайности казусный. Сообразиться нельзя—с, и, главное, то вредит, что не было до сих пор примера подобного. Будь у нас пример, еще можно бы как—нибудь руководствоваться. А то как тут решишь? Станешь соображать, а дело затянется.

Счастливая мысль блеснула у меня в голове.

— Нельзя ли устроить так—с, — сказал я, — что уж если суждено ему оставаться в недрах чудовища и, волею провидения, сохранится его живот, нельзя ли подать ему прошение о том, чтобы числиться на службе?

— Гм... разве в виде отпуска и без жалованья...

— Нет—с, нельзя ли с жалованьем—с?

— На каком же основании? — В виде командировки...

— Какой и куда?

— Да в недра же, крокодиловы недра... Так сказать, для справок, для изучения фактов на месте. Конечно, это будет ново, но ведь это прогрессивно и в то же время покажет заботливость о просвещении—с...

Тимофей Семеныч задумался.

— Командировать особого чиновника, — сказал он наконец, — в недра крокодила для особых поручений, по моему личному мнению, — нелепо—с. По штату не полагается. Да и какие могут быть туда поручения?

— Да для естественного, так сказать, изучения природы на месте, в живье—с. Нынче всё пошли естественные науки—с, ботаника... Он бы там жил и сообщал—с... ну, там о пищеварении или просто о нравах. Для скопления фактов—с.

— То есть это по части статистики. Ну, в этом я не силен, да и не философ. Вы говорите: факты, — мы и без того завалены фактами и не знаем, что с ними делать. Притом же эта статистика опасна...

— Чем же—с?

— Опасна—с. И к тому ж, согласитесь, он будет сообщать факты, так сказать, лежа на боку. А разве можно служить, лежа на боку? Это уж опять нововведение, и притом опасное—с; и опять—таки примера такого не было. Вот если б нам хоть какой—нибудь примерчик, так, по моему мнению, пожалуй, и можно бы командировать.

— Но ведь и крокодилов живых не привозили до сих пор, Тимофей Семеныч.

— Гм, да... — он опять задумался. — Если хотите, это возражение ваше справедливо и даже могло бы служить основанием к дальнейшему производству дела. Но опять возьмите и то, что если с появлением живых крокодилов начнут исчезать служащие и потом, на основании того, что там тепло и мягко, будут требовать туда командировок, а потом лежать на боку... согласитесь сами — дурной пример—с. Ведь эдак, пожалуй, всякий туда полезет даром деньги—то брать.

— Порадейте, Тимофей Семеныч! Кстати—с: Иван Матвеич просил передать вам карточный должок, семь рублей, в ералаш—с...

— Ах, это он проиграл намедни, у Никифор Никифорыча! Помню—с. И как он тогда был весел, смешил, и вот!..

Старик был искренно тронут.

— Порадейте, Тимофей Семеныч.

— Похлопочу—с. От своего лица поговорю, частным образом, в виде справки. А впрочем, разузнайте—ка так, неофициально, со стороны, какую именно цену согласился бы взять хозяин за своего крокодила?

Тимофей Семеныч видимо подобрел.

— Непременно—с, — отвечал я, — и тотчас же явлюсь к вам с отчетом.

— Супруга—то... одна теперь? Скучает?

— Вы бы навестили, Тимофей Семеныч.

— Навещу—с, я еще давеча подумал, да и случай удобный... И зачем, зачем это его дергало смотреть крокодила! А впрочем, я бы и сам желал посмотреть.

— Навестите—ка бедного, Тимофей Семеныч.

— Навещу—с. Конечно, я этим шагом моим не хочу обнадеживать. Я прибуду как частное лицо... Ну—с, до свиданья, я ведь опять к Никифор Никифорычу; будете?

— Нет—с, я к узнику.

— Да—с, вот теперь и к узнику!.. Э—эх, легкомыслие!

Я распростился с стариком. Разнообразные мысли ходили в моей голове. Добрый и честнейший человек Тимофей Семеныч, а, выходя от него, я, однако, порадовался, что ему был уже пятидесятилетний юбилей и что Тимофеи Семенычи у нас теперь редкость. Разумеется, я тотчас полетел в Пассаж обо всем сообщить бедняжке Ивану Матвеичу. Да и любопытство разбирало меня: как он там устроился в крокодиле и как это можно жить в крокодиле? Да и можно ли действительно жить в

51

крокодиле? Порой мне, право, казалось, что всё это какой—то чудовищный сон, тем более что и дело—то шло о чудовище...

III

И, однако ж, это был не сон, а настоящая, несомненная действительность. Иначе — стал ли бы я и рассказывать! Но продолжаю...

В Пассаж я попал уже поздно, около девяти часов, и в крокодильную принужден был войти с заднего хода, потому что немец запер магазин на этот раз ранее обыкновенного. Он расхаживал по—домашнему в каком—то засаленном старом сюртучишке, но сам еще втрое довольнее, чем давеча утром. Видно было, что он уже ничего не боится и что "публикум много ходиль". Муттер вышла уже потом, очевидно затем, чтобы следить за мной. Немец с муттер часто перешептывались. Несмотря на то, что магазин был уже заперт, он все—таки взял с меня четвертак. И что за ненужная аккуратность!

— Ви каждый раз будет платиль; публикум будут рубль платиль, а ви один четвертак, ибо ви добры друк вашего добры друк, а я почитаю друк...

— Жив ли, жив ли образованный друг мой! — громко вскричал я, подходя к крокодилу и надеясь, что слова мои еще издали достигнут Ивана Матвеича и польстят его самолюбию.

— Жив и здоров, — отвечал он, как будто издали или как бы из—под кровати, хотя я стоял подле него, — жив и здоров, но об этом после... Как дела?

Как бы нарочно не расслышав вопроса, я было начал с участием и поспешностию сам его расспрашивать: как он, что он и каково в крокодиле и что такое вообще внутри крокодила? Это требовалось и дружеством и обыкновенною вежливостию. Но он капризно и с досадой перебил меня.

— Как дела? — прокричал он, по обыкновению мною командуя, своим визгливым голосом, чрезвычайно на этот раз отвратительным.

Я рассказал всю мою беседу с Тимофеем Семенычем до последней подробности. Рассказывая, я старался выказать несколько обиженный тон.

— Старик прав, — решил Иван Матвеич так же резко, как и по всегдашнему обыкновению своему в разговорах со мной. —

Практических людей люблю и не терплю сладких мямлей. Готов, однако, сознаться, что и твоя идея насчет командировки не совершенно нелепа. Действительно, многое могу сообщить и в научном, и в нравственном отношении. Но теперь это всё принимает новый и неожиданный вид и не стоит хлопотать из одного только жалованья. Слушай внимательно. Ты сидишь?

— Нет, стою.

— Садись на что—нибудь, ну хоть на пол, и слушай внимательно.

Со злобою взял я стул и в сердцах, устанавливая, стукнул им об пол.

— Слушай, — начал он повелительно, — публики сегодня приходило целая бездна. К вечеру не хватило места, и для порядка явилась полиция. В восемь часов, то есть ранее обыкновенного, хозяин нашел даже нужным запереть магазин и прекратить представление, чтоб сосчитать привлеченные деньги и удобнее приготовиться к завтраму. Знаю, что завтра соберется целая ярмарка. Таким образом, надо полагать, что все образованнейшие люди столицы, дамы высшего общества, иноземные посланники, юристы и прочие здесь перебывают. Мало того: станут наезжать из многосторонних провинций нашей обширной и любопытной империи. В результате — я у всех на виду, и хоть спрятанный, но первенствую. Стану поучать праздную толпу. Наученный опытом, представлю из себя пример величия и смирения перед судьбою! Буду, так сказать, кафедрой, с которой начну поучать человечество. Даже одни естественнонаучные сведения, которые могу сообщить об обитаемом мною чудовище, — драгоценны, И потому не только не ропщу на давешний случай, но твердо надеюсь на блистательнейшую из карьер.

— Не наскучило бы? — заметил я ядовито.

Всего более обозлило меня то, что он почти уже совсем перестал употреблять личные местоимения — до того заважничал. Тем не менее всё это меня сбило с толку. "С чего, с чего эта легкомысленная башка куражится! — скрежетал я шепотом про себя. — Тут надо плакать, а не куражиться".

— Нет! — отвечал он резко на мое замечание, — ибо весь проникнут великими идеями, только теперь могу на досуге мечтать об улучшении судьбы всего человечества. Из крокодила выйдет теперь правда и свет. Несомненно изобрету новую собственную теорию новых экономических отношений и буду гордиться ею — чего доселе не мог за недосугом по службе и в пошлых развлечениях света. Опровергну всё и буду новый Фурье. Кстати, отдал семь рублей Тимофею Семенычу?

— Из своих, — ответил я, стараясь выразить голосом, что заплатил из своих.

— Сочтемся, — ответил он высокомерно. — Прибавки оклада жду всенепременно, ибо кому же и прибавлять, как не мне? Польза от меня теперь бесконечная. Но к делу. Жена?

— Ты, вероятно, спрашиваешь о Елене Ивановне?

— Жена?! — закричал он даже с каким—то на этот раз визгом.

Нечего было делать! Смиренно, но опять—таки скрежеща зубами, рассказал я, как оставил Елену Ивановну. Он даже и не дослушал.

— Имею на нее особые виды, — начал он нетерпеливо, — Если буду знаменит здесь, то хочу, чтоб она была знаменита там. Ученые, поэты, философы, заезжие минералоги, государственные мужи после утренней беседы со мной будут посещать по вечерам ее салон. С будущей недели у нее должны начаться каждый вечер салоны. Удвоенный оклад будет давать средства к приему, а так как прием должен ограничиваться одним чаем и нанятыми лакеями, то и делу конец. И здесь и там будут говорить обо мне. Давно жаждал случая, чтоб все говорили обо мне, но не мог достигнуть, скованный малым значением и недостаточным чином. Теперь же всё это достигнуто каким—нибудь самым обыкновенным глотком крокодила. Каждое слово мое будет выслушиваться, каждое изречение обдумываться, передаваться, печататься. И я задам себя знать! Поймут наконец, каким способностям дали исчезнуть в недрах чудовища. "Этот человек мог быть иностранным министром и управлять королевством", — скажут одни. "И этот человек не управлял иностранным королевством", — скажут другие. Ну чем, ну чем я хуже какого—нибудь Гарнье—Пажесишки или как их там?.. Жена должна составлять мне пандан — у меня ум, у нее красота и любезность. "Она прекрасна, потому и жена его", — скажут одни. "Она прекрасна, потому что жена его", — поправят другие. На всякий случай пусть Елена Ивановна завтра же купит энциклопедический словарь, издававшийся под редакцией Андрея Краевского, чтоб уметь говорить обо всех предметах. Чаще же всего пусть читает premier—политик "С. — Петербургских известий", сверяя каждодневно с "Волосом". Полагаю, что хозяин согласится иногда приносить и меня, вместе с крокодилом, в блестящий салон жены моей. Я буду стоять в ящике среди великолепной гостиной и буду сыпать остротами, которые подберу еще с утра. Государственному мужу сообщу мои проекты; с поэтом буду говорить в рифму; с

54

дамами буду забавен и нравственно—мил, — так как вполне безопасен для их супругов. Всем остальным буду служить примером покорности судьбе и воле провидения. Жену сделаю блестящею литературною дамою; я ее выдвину вперед и объясню ее публике; как жена моя, она должна быть полна величайших достоинств, и если справедливо называют Андрея Александровича нашим русским Альфредом де Мюссе, то еще справедливее будет, когда назовут ее нашей русской Евгенией Тур.

Признаюсь, хотя вся эта дичь и походила несколько на всегдашнего Ивана Матвеича, но мне все—таки пришло в голову, что он теперь в горячке и бредит. Это был всё тот же обыкновенный и ежедневный Иван Матвеич, но наблюдаемый в стекло, в двадцать раз увеличивающее.

— Друг мой, — спросил я его, — надеешься ли ты на долговечность? И вообще скажи: здоров ли ты? Как ты ешь, как ты спишь, как ты дышишь? Я друг тебе, и согласись, что случай слишком сверхъестественный, а следовательно, любопытство мое слишком естественно.

— Праздное любопытство и больше ничего, — отвечал он сентенциозно, — но ты будешь удовлетворен. Спрашиваешь, как устроился я в недрах чудовища? Во—первых, крокодил, к удивлению моему, оказался совершенно пустой. Внутренность его состоит как бы из огромного пустого мешка, сделанного из резинки, вроде тех резиновых изделий, которые распространены у нас в Гороховой, в Морской и, если не ошибаюсь, на Вознесенском проспекте. Иначе, сообрази, мог ли бы я в нем поместиться?

— Возможно ли? — вскричал я в понятном изумлении. — Неужели крокодил совершенно пустой?

— Совершенно, — строго и внушительно подтвердил Иван Матвеич. — И, по всей вероятности, он устроен так по законам самой природы. Крокодил обладает только пастью, снабженною острыми зубами, и вдобавок к пасти — значительно длинным хвостом — вот и всё, по—настоящему. В середине же между сими двумя его оконечностями находится пустое пространство, обнесенное чем—то вроде каучука, вероятнее же всего действительно каучуком.

— А ребра, а желудок, а кишки, а печень, а сердце? — прервал я даже со злобою.

— Н—ничего, совершенно ничего этого нет и, вероятно, никогда не бывало. Всё это — праздная фантазия легкомысленных путешественников. Подобно тому как надувают геморроидальную подушку, так и я надуваю теперь собой крокодила. Он растяжим до невероятности. Даже ты, в качестве домашнего друга, мог бы поместиться со мной рядом, если б обладал великодушием, — и даже с тобой еще достало бы места. Я даже думаю в крайнем случае выписать сюда Елену Ивановну. Впрочем, подобное пустопорожнее устройство крокодила совершенно согласно с естественными науками. Ибо, положим например, тебе дано устроить нового крокодила — тебе, естественно, представляется вопрос: какое основное свойство крокодилово? Ответ ясен: глотать людей. Как же достигнуть устройством крокодила, чтоб он глотал людей? Ответ еще яснее: устроив его пустым. Давно уже решено физикой, что природа не терпит пустоты. Подобно сему и внутренность крокодилова должна именно быть пустою, чтоб не терпеть пустоты, а, следственно, беспрерывно глотать и наполняться всем, что только есть под рукою. И вот единственная разумная причина, почему все крокодилы глотают нашего брата. Не так в устройстве человеческом: чем пустее, например, голова человеческая, тем менее она ощущает жажды наполниться, и это единственное исключение из общего правила. Всё это мне теперь ясно, как день, всё это я постиг собственным умом и опытом, находясь, так сказать, в недрах природы, в ее реторте, прислушиваясь к биению пульса ее. Даже этимология согласна со мною, ибо самое название крокодил означает прожорливость. Крокодил, Crocodillo, — есть слово, очевидно, итальянское, современное, может быть, древним фараонам египетским и, очевидно, происходящее от французского корня: croquer, что означает съесть, скушать и вообще употребить в пищу. Всё это я намерен прочесть в виде первой лекции публике, собравшейся в салоне Елены Ивановны, когда меня принесут туда в ящике.

— Друг мой, не принять ли тебе теперь хоть слабительного! — вскричал я невольно. "У него жар, жар, он в жару!" — повторял я про себя в ужасе.

— Вздор! — отвечал он презрительно, — и к тому же в теперешнем положении моем это совсем неудобно. Впрочем, я отчасти знал, что ты заговоришь о слабительном.

— Друг мой, а как... как же ты теперь употребляешь пищу? Обедал ты сегодня или нет?

— Нет, но сыт и, вероятнее всего, теперь уже никогда не буду употреблять пищи. И это тоже совершенно понятно: наполняя собою всю внутренность крокодилову, я делаю его навсегда сытым. Теперь его можно не кормить несколько лет. С другой стороны, — сытый мною, он естественно сообщит и мне все жизненные соки из своего тела; это вроде того, как некоторые утонченные кокетки обкладывают себя и все свои формы на ночь сырыми котлетами и потом, приняв утреннюю ванну, становятся свежими, упругими, сочными и обольстительными. Таким образом, питая собою крокодила, я, обратно, получаю и от него питание; следовательно — мы взаимно кормим друг друга. Но так как трудно, даже и крокодилу, переваривать такого человека, как я, то уж, разумеется, он должен при этом ощущать некоторую тяжесть в желудке, — которого, впрочем, у него нет, — и вот почему, чтоб не доставить излишней боли чудовищу, я редко ворочаюсь с боку на бок; и хотя бы и мог ворочаться, но не делаю сего из гуманности. Это единственный недостаток теперешнего моего положения, и в аллегорическом смысле Тимофей Семеныч справедлив, называя меня лежебокой. Но я докажу, что и лежа на боку, — мало того, — что только лежа на боку и можно перевернуть судьбу человечества. Все великие идеи и направления наших газет и журналов, очевидно, произведены лежебоками; вот почему и называют их идеями кабинетными, но наплевать, что так называют! Я изобрету теперь целую социальную систему, и — ты не поверишь — как это легко! Стоит только уединиться куда—нибудь подальше в угол или хоть попасть в крокодила, закрыть глаза, и тотчас же изобретешь целый рай для всего человечества. Давеча, как вы ушли, я тотчас же принялся изобретать и изобрел уже три системы, теперь изготовляю четвертую. Правда, сначала надо всё опровергнуть; но из крокодила так легко опровергать; мало того, из крокодила как будто всё это виднее становится... Впрочем, в моем положении существуют и еще недостатки, хотя и мелкие: внутри крокодила несколько сыро и как будто покрыто слизью да, сверх того, еще несколько пахнет резинкой, точь—в—точь как от моих прошлогодних калош. Вот и всё, более нет никаких недостатков.

— Иван Матвеич, — прервал я, — всё это чудеса, которым я едва могу верить. И неужели, неужели ты всю жизнь не намерен обедать?

— О каком вздоре заботишься ты, беспечная, праздная голова! Я тебе о великих идеях рассказываю, а ты... Знай же, что я сыт уже одними великими идеями, озарившими ночь, меня окружившую. Впрочем, добродушный хозяин чудовища, сговорившись с добрейшею муттер, решили давеча промеж себя, что будут каждое утро просовывать в пасть крокодила изогнутую металлическую трубочку, вроде дудочки, через которую я бы мог втягивать в себя кофе или бульон с размоченным в нем белым хлебом. Дудочка уже заказана по соседству; но полагаю, что эта излишняя роскошь. Прожить же надеюсь по крайней мере тысячу лет, если справедливо, что по стольку лет живут крокодилы, о чем, благо напомнил, справься завтра же в какой—нибудь естественной истории и сообщи мне, ибо я мог ошибиться, смешав крокодила с каким—нибудь другим ископаемым. Одно только соображение несколько смущает меня: так как я одет в сукно, а на ногах у меня сапоги, то крокодил, очевидно, меня не может переварить. Сверх того, я живой и потому сопротивляюсь перевариванию меня всею моею волею, ибо понятно, что не хочу обратиться в то, во что обращается всякая пища, так как это было бы слишком для меня унизительно. Но боюсь одного: в тысячелетний срок сукно сюртука моего, к несчастью русского изделия, может истлеть, и тогда я, оставшись без одежды, несмотря на всё мое негодование, начну, пожалуй, и перевариваться; и хоть днем я этого ни за что не допущу и не позволю, но по ночам, во сне, когда воля отлетает от человека, меня может постичь самая унизительная участь какого—нибудь картофеля, блинов или телятины. Такая идея приводит меня в бешенство. Уже по одной этой причине надо бы изменить тариф и поощрять привоз сукон английских, которые крепче, а следственно, и дольше будут сопротивляться природе, в случае если попадешь в крокодила. При первом случае сообщу мысль мою кому—либо из людей государственных, а вместе с тем и политическим обозревателям наших ежедневных петербургских газет. Пусть прокричат. Надеюсь, что не одно это они теперь от меня позаимствуют. Предвижу, что каждое утро целая толпа их, вооруженная редакционными четвертаками, будет тесниться кругом меня, чтоб уловить мои мысли насчет вчерашних телеграмм. Короче — будущность представляется мне в самом розовом свете.

"Горячка, горячка!" — шептал я про себя.

— Друг мой, а свобода? — проговорил я, желая вполне узнать его мнение. — Ведь ты, так сказать, в темнице, тогда как человек должен наслаждаться свободою.

— Ты глуп, — отвечал он. — Люди дикие любят независимость, люди мудрые любят порядок, а нет порядка...

— Иван Матвеич, пощади и помилуй!

— Молчи и слушай! — взвизгнул он в досаде, что я перебил его. — Никогда не воспарял я духом так, как теперь. В моем тесном убежище одного боюсь — литературной критики толстых журналов и свиста сатирических газет наших. Боюсь, чтоб легкомысленные посетители, глупцы и завистники и вообще нигилисты не подняли меня на смех. Но я приму меры.

58

С нетерпением жду завтрашних отзывов публики, а главное — мнения газет. О газетах сообщи завтра же.

— Хорошо, завтра же принесу сюда целый ворох газет.

— Завтра еще рано ждать газетных отзывов, ибо объявления печатаются только на четвертый день. Но отныне каждый вечер приходи через внутренний ход со двора. Я намерен употреблять тебя как моего секретаря. Ты будешь мне читать газеты и журналы, а я буду диктовать тебе мои мысли и давать поручения. В особенности не забывай телеграмм. Каждый день чтоб были здесь все европейские телеграммы. Но довольно; вероятно, ты теперь хочешь спать. Ступай домой и не думай о том, что я сейчас говорил о критике: я не боюсь ее, ибо сама она находится в критическом положении. Стоит только быть мудрым и добродетельным, и непременно станешь на пьедестал. Если не Сократ, то Диоген, или то и другое вместе, и вот будущая роль моя в человечестве.

Так легкомысленно и навязчиво (правда, в горячке) торопился высказаться передо мной Иван Матвеич, подобно тем слабохарактерным бабам, про которых говорит пословица, что они не могут удержать секрета. Да и всё то, что сообщил он мне о крокодиле, показалось мне весьма подозрительным. Ну как можно, чтоб крокодил был совершенно пустой? Бьюсь об заклад, что в этом он прихвастнул из тщеславия и отчасти, чтоб меня унизить. Правда, он был больной, а больному надо уважить; но, признаюсь откровенно, я всегда терпеть не мог Ивана Матвеича. Всю жизнь, начиная с самого детства, я желал и не мог избавиться от его опеки. Тысячу раз хотел было я с с ним совсем расплеваться, и каждый раз меня опять тянуло к нему, как будто я всё еще надеялся ему что—то доказать и за что—то отметить. Странная вещь эта дружба! Положительно могу сказать, что я на девять десятых был с ним дружен из злобы. На этот раз мы простились, однако же, с чувством.

— Ваш друк ошень умна шеловек, — сказал мне вполголоса немец, собираясь меня провожать; он всё время прилежно слушал наш разговор.

— A propos,[2] 1 — сказал я, — чтоб не забыть, — сколько бы взяли вы за вашего крокодила, на случай если б вздумали у вас его покупать?

Иван Матвеич, слышавший вопрос, с любопытством выжидал ответа. Видимо было, что ему не хотелось, чтоб немец взял мало; по крайней мере он как—то особенно крякнул при моем вопросе.

---

[2] Кстати (франц.).

Сначала немец и слушать не хотел, даже рассердился.

— Никто не смейт покупат мой собственный крокодиль!— вскричал он яростно и покраснел, как вареный рак. — Я не хатит продавайт крокодиль. Я миллион талер не стану браль за крокодиль. Я сто тридцать талер сегодня с публикум браль, а завтра десять тысяч талер собраль, а потом сто тысяч талер каждый день собраль. Не хочу продаваль!

Иван Матвеич даже захихикал от удовольствия.

Скрепя сердце, хладнокровно и рассудительно, — ибо исполнял обязанность истинного друга, — намекнул я сумасбродному немцу, что расчеты его не совсем верны, что если он каждый день будет собирать по сту тысяч, то в четыре дня у него перебывает весь Петербург и потом уже не с кого будет собирать, что в животе и смерти волен бог, что крокодил может как—нибудь лопнуть, а Иван Матвеич заболеть и помереть и проч., и проч.

Немец задумался.

— Я будет ему капли из аптеки даваль, — сказал он, надумавшись, — и ваш друк не будет умираль.

— Капли каплями, — сказал я, — но возьмите и то, что может затеяться судебный процесс. Супруга Ивана Матвеича может потребовать своего законного супруга. Вы вот намерены богатеть, а намерены ли вы назначить хоть какую—нибудь пенсию Елене Ивановне?

— Нет, не мереваль! — решительно и строго отвечал немец.

— Нетт, не мереваль! — подхватила, даже со злобою, муттер.

— Итак, не лучше ли вам взять что—нибудь теперь, разом, хоть и умеренное, но верное и солидное, чем предаваться неизвестности? Долгом считаю присовокупить, что спрашиваю вас не из одного только праздного любопытства.

Немец взял муттер и удалился с нею для совещаний в угол, где стоял шкаф с самой большой и безобразнейшей из всей коллекции обезьяной.

— Вот увидишь! — сказал мне Иван Матвеич.

Что до меня касается, я в эту минуту сгорал желанием, во—первых, — избить больно немца, во—вторых, еще более избить муттер, а в—третьих, всех больше и больнее избить Ивана Матвеича за безграничность его самолюбия. Но всё это ничего не значило в сравнении с ответом жадного немца.

Насоветовавшись с своей муттер, он потребовал за своего крокодила пятьдесят тысяч рублей билетами последнего внутреннего займа с лотереею, каменный дом в Гороховой и при нем собственную аптеку и, вдобавок, — чин русского полковника.

— Видишь! — торжествуя, прокричал Иван Матвеич, — я говорил тебе! Кроме последнего безумного желания производства в полковники, — он совершенно прав, ибо вполне понимает теперешнюю ценность показываемого им чудовища. Экономический принцип прежде всего!

— Помилуйте! — яростно закричал я немцу, — да за что же вам полковника—то? Какой вы подвиг совершили, какую службу заслужили, какой военной славы добились? Ну, не безумец ли вы после этого?

— Безумны! — вскричал немец обидевшись, — нет, я ошень умна шеловек, а ви ошень глюп! Я заслужиль польковник, потому што показаль крокодиль, а в нем живой гоф—рат сидиль, а русский не может показаль крокодиль, а в нем живой гоф—рат сидиль! Я чрезвышайно умны щеловек и ошень хочу быль польковник!

— Так прощай же, Иван Матвеич! — вскричал я, дрожа от бешенства, и почти бегом выбежал из крокодильной. Я чувствовал, что еще минута, и я уже не мог бы отвечать за себя. Неестественные надежды этих двух болванов были невыносимы. Холодный воздух, освежив меня, несколько умерил мое негодование. Наконец, энергически плюнув раз до пятнадцати в обе стороны, я взял извозчика, приехал домой, разделся и бросился в постель. Всего досаднее было то, что я попал к нему в секретари. Теперь умирай там от скуки каждый вечер, исполняя обязанность истинного друга! Я готов был прибить себя за это и действительно, уже потушив свечку и закрывшись одеялом, ударил себя несколько раз кулаком по голове и по другим частям тела. Это несколько облегчило меня, и я наконец заснул даже довольно крепко, потому что очень устал. Всю ночь снились мне только одни обезьяны, но под самое утро приснилась Елена Ивановна...

IV

Обезьяны, как догадываюсь, приснились потому, что заключались в шкафу у крокодильщика, но Елена Ивановна составляла статью особенную.

Скажу заранее: я любил эту даму; но спешу — и спешу на курьерских — оговориться: я любил ее как отец, ни более, ни менее. Заключаю так потому, что много раз случалось со мною неудержимое желание поцеловать ее в головку или в румяненькую щечку. И хотя я никогда не приводил сего в исполнение, но каюсь — не отказался бы поцеловать ее даже и в губки. И не то что в губки, а в зубки, которые так прелестно всегда выставлялись, точно ряд хорошеньких, подобранных жемчужинок, когда она смеялась. Она же удивительно часто смеялась. Иван Матвеич называл ее, в ласкательных случаях, своей "милой нелепостью" — название в высшей степени справедливое и характеристичное. Это была дама—конфетка и более ничего. Посему совершенно не понимаю, зачем вздумалось теперь тому же самому Ивану Матвеичу воображать в своей супруге нашу русскую Евгению Тур? Во всяком случае, мой сон, если не брать в расчет обезьян, произвел на меня приятнейшее впечатление, и, перебирая в голове за утренней чашкой чаю все происшествия вчерашнего дня, я решил немедленно зайти к Елене Ивановне, по дороге на службу, что, впрочем, обязан был сделать и в качестве домашнего друга.

В крошечной комнатке, перед спальней, в так называемой у них маленькой гостиной, хотя и большая гостиная была у них тоже маленькая, на маленьком нарядном диванчике, за маленьким чайным столиком, в какой—то полувоздушной утренней распашоночке сидела Елена Ивановна и из маленькой чашечки, в которую макала крошечный сухарик, кушала кофе. Была она обольстительно хороша, но показалась мне тоже и как будто задумчивою.

— Ах, это вы, шалун! — встретила она меня с рассеянной улыбкой, — садитесь, ветреник, пейте кофе. Ну что вы вчера делали? Были в маскараде?

— А разве вы были? Я ведь не езжу... к тому же посещал вчера нашего узника...

Я вздохнул и, принимая кофе, сделал благочестивую мину.

— Кого? Какого это узника? Ах, да! Бедняжка! Ну, что он — скучает? А знаете... я хотела вас спросить... Я ведь могу теперь просить развода?

— Развода! — вскричал я в негодовании и чуть не пролил кофе. "Это черномазенький!" — подумал я про себя с яростью.

Существовал некто черномазенький, с усиками, служивший по строительной части, который слишком уж часто похаживал к ним и чрезвычайно умел смешить Елену Ивановну. Признаюсь, я его ненавидел, и сомнения не было, что он уж успел вчера видеться с Еленой Ивановной или в маскараде, или, пожалуй, и здесь, и наговорил ей всякого вздору!

— Да что ж, — заторопилась вдруг Елена Ивановна, точно подученная, — что ж он там будет сидеть в крокодиле и, пожалуй, всю жизнь не придет, а я здесь его дожидайся! Муж должен дома жить, а не в крокодиле...

— Но ведь это непредвиденный случай, — начал было я в весьма понятном волнении.

— Ах, нет, не говорите, не хочу, не хочу! — закричала она, вдруг совсем рассердившись. — Вы вечно мне напротив, такой негодный! С вами ничего не сделаешь, ничего не посоветуете! Мне уж чужие говорят, что мне развод дадут, потому что Иван Матвеич теперь уже не будет получать жалованья.

— Елена Ивановна! Вас ли я слышу? — закричал я патетически. — Какой злодей мог вам это натолковать! Да и развод по такой неосновательной причине, как жалование, совершенно невозможен. А бедный, бедный Иван Матвеич к вам, так сказать, весь пылает любовью, даже и в недрах чудовища. Мало того — тает от любви, как кусочек сахару. Еще вчера ввечеру, когда вы веселились в маскараде, он упоминал, что в крайнем случае, может быть, решится выписать вас в качестве законной супруги к себе, в недра, тем более что крокодил оказывается весьма поместительным не только для двух, но даже и для трех особ...

И тут я немедленно рассказал ей всю эту интересную часть моего вчерашнего разговора с Иваном Матвеичем

— Как, как! — вскричала она в удивлении — Вы хотите, чтоб и я также полезла туда, к Ивану Матвеичу? Вот выдумки! Да и как я полезу, так в шляпке и в кринолине? Господи, какая глупость! Да и какую фигуру я буду делать, когда буду туда лезть, а на меня еще кто—нибудь, пожалуй, будет смотреть... Это смешно! И что я там буду кушать?.. и... и как я там буду, когда..., ах боже мой, что они выдумали!.. И какие там развлечения?.. Вы говорите, что там гуммиластиком пахнет? И как же я буду, если мы там с ним поссоримся, — все—таки рядом лежать? Фу, как это противно!

— Согласен, согласен со всеми этими доводами, милейшая Елена Ивановна, — прервал я, стремясь высказаться с тем понятным увлечением, которое всегда овладевает человеком, когда он чувствует, что правда на его стороне, — но вы не оценили одного во всем этом; вы не оценили того, что он, стало быть, без вас жить не может, коли зовет туда; значит, тут любовь, любовь страстная, верная, стремящаяся... Вы любви не оценили, милая Елена Ивановна, любви!

— Не хочу, не хочу, и слышать ничего не хочу! — отмахивалась она своей маленькой, хорошенькой ручкой, на которой блистали только что вымытые и вычищенные щеткой розовые ноготки. — Противный! Вы доведете меня до слез. Полезайте сами, если это вам приятно. Ведь вы друг, ну и ложитесь там с ним рядом из дружбы, и спорьте всю жизнь о каких—нибудь скучных науках...

— Напрасно вы так смеетесь над сим предположением, — с важностию остановил я легкомысленную женщину, — Иван Матвеич и без того меня звал туда. Конечно, вас привлекает туда долг, меня же только одно великодушие; но, рассказывая мне вчера о необыкновенной растяжимости крокодиловой, Иван Матвеич сделал весьма ясный намек, что не только вам обоим, но даже и мне в качестве домашнего друга можно бы поместиться с вами вместе, втроем, особенно если б я захотел того, а потому...

— Как так, втроем? — вскричала Елена Ивановна, с удивлением смотря на меня. — Так как же мы... так все трое и будем там вместе? Ха—ха—ха! Какие вы оба глупые! Ха—ха—ха! Я вас непременно буду там всё время щипать, негодный вы эдакой, ха—ха—ха! Ха—ха—ха!

И она, откинувшись на спинку дивана, расхохоталась до слезинок. Всё это — и слезы, и смех — было до того обольстительно, что я не вытерпел и с увлечением бросился целовать у ней ручки, чему она не противилась, хотя и выдрала меня легонько, в знак примирения, за уши.

Затем мы оба развеселились, и я подробно рассказал ей все вчерашние планы Ивана Матвеича. Мысль о приемных вечерах и об открытом салоне ей очень понравилась.

— Но только надо будет очень много новых платьев, — заметила она, — и потому надо, чтоб Иван Матвеич присылал как можно скорее и как можно больше жалованья... Только... только как же это, — прибавила она в раздумье, — как же это его будут приносить ко мне в ящике? Это очень смешно. Я не хочу, чтоб моего мужа носили в ящике. Мне будет очень стыдно пред гостями... Я не хочу, нет, не хочу.

— Кстати, чтоб не забыть, был у вас вчера вечером Тимофей Семеныч?

— Ах, был; приехал утешать, и, вообразите, мы с ним всё в свои козыри играли. Он на конфеты, а коль я проиграю — он мне ручки целует. Такой негодный и, вообразите, чуть было в маскарад со мной не поехал. Право!

— Увлечение! — заметил я, — да и кто не увлечется вами, обольстительная!

— Ну уж вы, поехали с вашими комплиментами! Постойте, я вас ущипну на дорогу. Я ужасно хорошо выучилась теперь щипаться. Ну что, каково! Да, кстати, вы говорите, Иван Матвеич часто обо мне вчера говорил?

— Н—н—нет, не то чтобы очень... Признаюсь вам, он более думает теперь о судьбах всего человечества и хочет...

— Ну и пусть его! Подоговаривайте! Верно, скука ужасная. Я как—нибудь его навещу. Завтра непременно поеду. Только не сегодня; голова болит, а к тому же там будет так много публики... Скажут: это жена его, пристыдят.. Прощайте. Вечером вы ведь... там?

— У него, у него. Велел приезжать и газет привезти. Ну вот и славно. И ступайте к нему и читайте. А ко мне сегодня не заезжайте. Я нездорова, а может, и в гости поеду. Ну прощайте, шалун.

"Это черномазенький у ней будет вечером", — подумал я про себя.

В канцелярии я, разумеется, не подал и виду, что меня пожирают такие заботы и хлопоты. Но вскоре заметил я, что некоторые из прогрессивнейших газет наших как—то особенно скоро переходили в это утро из рук в руки моих сослуживцев и прочитывались с чрезвычайно серьезными выражениями лиц. Первая попавшаяся мне была — "Листок", газетка без всякого особого направления, а так только вообще гуманная, за что ее преимущественно у нас презирали, хотя и прочитывали. Не без удивления прочел я в ней следующее:

"Вчера в нашей обширной и украшенной великолепными зданиями столице распространились чрезвычайные слухи. Некто N., известный гастроном из высшего общества, вероятно наскучив кухнею Бореля и —ского клуба, вошел в здание Пассажа, в то место, где показывается огромный, только что привезенный в столицу крокодил, и потребовал, чтоб ему изготовили его на обед. Сторговавшись с хозяином, он тут же принялся пожирать его (то есть не хозяина, весьма смирного и склонного к аккуратности немца, а его крокодила) — еще живьем, отрезая сочные куски перочинным ножичком и глотая их с чрезвычайною поспешностью. Мало—помалу весь крокодил исчез в его тучных недрах, так что он собирался даже приняться за ихневмона, постоянного спутника крокодилова, вероятно полагая, что и тот будет так же вкусен. Мы вовсе не против сего нового продукта, давно уже известного иностранным гастрономам. Мы даже предсказывали это наперед. Английские лорды и путешественники ловят в Египте крокодилов целыми партиями и употребляют хребет чудовища в виде бифштекса, с горчицей, луком и картофелем. Французы, наехавшие с Лессепсом, предпочитают лапы, испеченные в горячей золе, что делают, впрочем, в пику англичанам, которые над ними смеются. Вероятно, у нас оценят то и другое. С своей стороны, мы рады новой отрасли промышленности, которой по преимуществу недостает нашему сильному и разнообразному отечеству. Вслед за сим первым крокодилом, исчезнувшим в недрах петербургского гастронома, вероятно, не пройдет и года, как навезут их к нам сотнями. И почему бы не акклиматизировать крокодила у нас в России? Если невская вода слишком холодна для сих интересных чужестранцев, то в столице имеются пруды, а за городом речки и озера. Почему бы, например, не развести крокодилов в Парголове или в Павловске, в Москве же в Пресненских прудах и в Самотеке? Доставляя приятную и здоровую пищу нашим утонченным гастрономам, они в то же время могли бы увеселять гуляющих на сих прудах дам и поучать собою детей естественной истории. Из крокодиловой кожи можно бы было приготовлять футляры, чемоданы, папиросочницы и бумажники, и, может быть, не одна русская купеческая тысяча в засаленных кредитках, преимущественно предпочитаемых купцами, улеглась бы в крокодиловой коже. Надеемся еще не раз возвратиться к этому интересному предмету".

Я хоть и предчувствовал что—нибудь в этом роде, тем не менее опрометчивость известия смутила меня. Не находя, с кем поделиться впечатлениями, я обратился к сидевшему напротив меня Прохору Саввичу и заметил, что тот уже давно следил за мною глазами, а в руках держал "Волос", как бы готовясь мне передать его. Молча принял он от меня "Листок" и, передавая мне "Волос", крепко отчеркнул ногтем статью, на которую, вероятно, хотел обратить мое внимание. Этот Прохор Саввич был у нас престранный человек: молчаливый старый холостяк, он ни с кем из нас не вступал ни в какие сношения, почти ни с кем не говорил в канцелярии, всегда и обо всем имел свое собственное мнение, но терпеть не мог кому—нибудь сообщать его. Жил он одиноко. В квартире его почти никто из нас не был.

Вот что я прочел в показанном месте "Волоса": "Всем известно, что мы прогрессивны и гуманны и хотим угоняться в этом за Европой. Но, несмотря на все наши старания и на усилия нашей газеты, мы еще далеко не "созрели", как о том свидетельствует возмутительный факт, случившийся вчера в Пассаже и о котором мы заранее предсказывали. Приезжает в столицу иностранец—собственник и привозит с собой крокодила, которого и начинает показывать в Пассаже публике. Мы тотчас же поспешили приветствовать новую отрасль полезной промышленности, которой вообще недостает нашему сильному и разнообразному отечеству. Как вдруг вчера, в половине пятого пополудни, в магазин иностранца—собственника является некто необычайной толщины и в нетрезвом виде, платит за вход и тотчас же, безо всякого предуведомления, лезет в пасть крокодила, который, разумеется, принужден был проглотить его, хотя бы из чувства самосохранения, чтоб не подавиться. Ввалившись во внутренность крокодила, незнакомец тотчас же засыпает. Ни крики иностранца—собственника, ни вопли его испуганного семейства, ни угрозы обратиться к полиции не оказывают никакого впечатления Из внутри крокодила слышен лишь хохот и обещание расправиться розгами (sic — Так (лат.)), а бедное млекопитающее, принужденное проглотить такую массу, тщетно проливает слезы. Незваный гость хуже татарина, но, несмотря на пословицу, нахальный посетитель выходить не хочет. Не знаем, как и объяснить подобные варварские факты, свидетельствующие о нашей незрелости и марающие нас в глазах иностранцев. Размашистость русской натуры нашла себе достойное применение. Спрашивается, чего хотелось непрошенному посетителю? Теплого и комфортного помещения? Но в столице существует много прекрасных домов с дешевыми и весьма комфортными квартирами, с проведенной невской водой и с освещенной газом лестницей, при которой заводится нередко от хозяев швейцар. Обращаем еще внимание наших читателей и на самое варварство обращения с домашними животными: заезжему крокодилу, разумеется, трудно переварить подобную массу разом, и теперь он лежит, раздутый горой, и в нестерпимых страданиях ожидает смерти В Европе давно уже преследуют судом обращающихся негуманно с домашними животными. Но, несмотря на европейское освещение, на европейские тротуары, на европейскую постройку домов, нам еще долго не отстать от заветных наших предрассудков.

Дома новы, но предрассудки стары —

и даже и дома—то не новы, по крайней мере лестницы Мы уже не раз упоминали в нашей газете, что на Петербургской стороне, в доме купца Лукьянова, забежные ступеньки деревянной лестницы сгнили, провалились и давно уже представляют опасность для находящейся у него в услужении солдатки Афимьи Скапидаровой, принужденной часто всходить на лестницу с водою или с охапкою дров. Наконец предсказания наши оправдались: вчера вечером в половине

67

девятого пополудни, солдатка Афимья Скапидарова провалилась с суповой чашкой и сломала—таки себе ногу. Не знаем, починит ли теперь Лукьянов свою лестницу; русский человек задним умом крепок, но жертва русского авось уже свезена в больницу. Точно так же не устанем мы утверждать, что дворники, счищающие на Выборгской с деревянных тротуаров грязь, не должны пачкать ноги прохожих, а должны складывать грязь в кучки, подобно тому как в Европе при очищении сапогов.. и т. д., и т. д."

— Что же это, — сказал я, смотря в некотором недоумении на Прохора Саввича, — что же это такое?

— А что—с?

— Да помилуйте, чем бы об Иване Матвеиче пожалеть, жалеют о крокодиле.

— А что же—с? Зверя даже, млекопитающего, и того пожалели. Чем же не Европа—с? Там тоже крокодилов очень жалеют. Хи—хи—хи!

Сказав это, чудак Прохор Саввич уткнулся в свои бумаги и уже не промолвил более ни слова.

"Волос" и "Листок" я спрятал в карман да, кроме того, набрал для вечернего развлечения Ивану Матвеичу старых "Известий" и "Волосов" сколько мог найти, и хотя до вечера было еще далеко, но на этот раз я пораньше улизнул из канцелярии, чтоб побывать в Пассаже и хоть издали посмотреть, что там делается, подслушать разные мнения и направления. Предчувствовал я, что там целая давка, и на всякий случай поплотнее завернул лицо в воротник шинели, потому что мне было чего—то немного стыдно — до того мы не привыкли к публичности. Но чувствую, что я не вправе передавать собственные, прозаические мои ощущения ввиду такого замечательного и оригинального события.

БОБОК

ЗАПИСКИ ОДНОГО ЛИЦА

Семен Ардальонович третьего дня мне как раз:

— Да будешь ли ты, Иван Иваныч, когда—нибудь трезв, скажи на милость?

Странное требование. Я не обижаюсь, я человек робкий; но, однако же, вот меня и сумасшедшим сделали. Списал с меня живописец портрет из случайности: "Все—таки ты, говорит, литератор" Я дался, он и выставил. Читаю: "Ступайте смотреть на это болезненное, близкое к помешательству лицо"

Оно пусть, но ведь как же, однако, так прямо в печати? В печати надо всё благородное; идеалов надо, а тут...

Скажи по крайней мере косвенно, на то тебе слог. Нет, он косвенно уже не хочет. Ныне юмор и хороший слог исчезают и ругательства заместо остроты принимаются. Я не обижаюсь: не бог знает какой литератор, чтобы с ума сойти. Написал повесть — не напечатали. Написал фельетон — отказали Этих фельетонов я много по разным редакциям носил, везде отказывали "Соли, говорят у вас нет"

— Какой же тебе соли,— спрашиваю с насмешкою,— аттической?

Даже и не понимает. Перевожу больше книгопродавцам с французского. Пишу и объявления купцам: "Редкость! Красненький, дескать, чай, с собственных плантаций..." За панегирик его превосходительству покойному Петру Матвеевичу большой куш хватил. "Искусство нравиться дамам" по заказу книгопродавца составил. Вот этаких книжек я штук шесть в моей жизни пустил. Вольтеровы бонмо хочу собрать, да боюсь, не пресно ли нашим покажется. Какой теперь Вольтер; нынче дубина, а не Вольтер! Последние зубы друг другу повыбили! Ну вот и вся моя литературная деятельность. Разве что безмездно письма по редакциям рассылаю, за моею полною подписью. Всё увещания и советы даю, критикую и путь указую. В одну редакцию на прошлой неделе сороковое письмо за два года послал; четыре рубля на одни почтовые марки истратил. Характер у меня скверен, вот что.

Думаю, что живописец списал меня не литературы ради, а ради двух моих симметрических бородавок на лбу: феномен, дескать. Идеи—то нет, так они теперь на феноменах выезжают. Ну и как же у него на портрете удались мои бородавки,— живые! Это они реализмом зовут.

А насчет помешательства, так у нас прошлого года многих в сумасшедшие записали. И каким слогом: "При таком, дескать, самобытном таланте... и вот что под самый конец оказалось... впрочем, давно уже надо было предвидеть..." Это еще довольно хитро; так что с точки частого искусства даже и похвалить можно. Ну а те вдруг еще умней воротились. То—то, свести—то с ума у нас сведут, а умней—то еще никого не сделали.

Всех умней, по—моему, тот, кто хоть раз в месяц самого себя дураком назовет,— способность ныне неслыханная! Прежде, по крайности, дурак хоть раз в год знал про себя, что он дурак, ну а теперь ни—ни. И до того замешали дела, что дурака от умного не отличишь. Это они нарочно сделали.

Припоминается мне испанская острота, когда французы, два с половиною века назад, выстроили у себя первый сумасшедший дом: "Они заперли всех своих дураков в особенный дом, чтобы уверить, что сами они люди умные". Оно и впрямь: тем, что другого запрешь в сумасшедший, своего ума не докажешь. "К. с ума сошел, значит, теперь мы умные". Нет, еще не значит.

Впрочем, черт... и что я с своим умом развозился: брюзжу, брюзжу. Даже служанке надоел. Вчера заходил приятель: "У тебя, говорит, слог меняется, рубленый. Рубишь, рубишь — и вводное предложение, потом к вводному еще вводное, потом в скобках еще что—нибудь вставишь, а потом опять зарубишь, зарубишь..."

Приятель прав. Со мной что—то странное происходит. И характер меняется, и голова болит. Я начинаю видеть и слышать какие—то странные вещи. Не то чтобы голоса, а так как будто кто подле: "Бобок, бобок, бобок!"

Какой такой бобок? Надо развлечься.

Ходил развлекаться, попал на похороны. Дальний родственник. Коллежский, однако, советник. Вдова, пять дочерей, все девицы. Ведь это только по башмакам, так во что обойдется! Покойник добывал, ну а теперь — пенсионишка. Подожмут хвосты. Меня принимали всегда нерадушно. Да и не пошел бы я и теперь, если бы не экстренный такой случай. Провожал до кладбища в числе других; сторонятся от меня и гордятся. Вицмундир мой действительно плоховат. Лет двадцать пять, я думаю, не бывал на кладбище; вот еще местечко!

Во—первых, дух. Мертвецов пятнадцать наехало. Покровы

разных цен; даже было два катафалка: одному генералу и одной какой-то барыне. Много скорбных лиц, много и притворной скорби, а много и откровенной веселости. Причту нельзя пожаловаться: доходы. Но дух, дух. Не желал бы быть здешним духовным лицом.

В лица мертвецов заглядывал с осторожностью, не надеясь на мою впечатлительность. Есть выражения мягкие, есть и неприятные. Вообще улыбки не хороши, а у иных даже очень. Не люблю; снятся.

За обедней вышел из церкви на воздух; день был сероват, но сух. Тоже и холодно; ну да ведь и октябрь же. Походил по могилкам. Разные разряды. Третий разряд в тридцать рублей: и прилично и не так дорого. Первые два в церкви и под папертью; ну, это кусается. В третьем разряде за этот раз хоронили человек шесть, в том числе генерала и барыню.

Заглянул в могилки — ужасно: вода, и какая вода! Совершенно зеленая и... ну да уж что! Поминутно могильщик выкачивал черпаком. Вышел, пока служба, побродить за врата. Тут сейчас богадельня, а немного подальше и ресторан. И так себе, недурной ресторанчик: и закусить, и всё. Набилось много и из провожатых. Много заметил веселости и одушевления искреннего. Закусил и выпил.

Затем участвовал собственноручно в отнесении гроба из церкви к могиле. Отчего это мертвецы в гробу делаются так тяжелы? Говорят, по какой-то инерции, что тело будто бы как-то уже не управляется самим... или какой-то вздор в этом роде; противоречит механике и здравому смыслу. Не люблю, когда при одном лишь общем образовании суются у нас разрешать специальности; а у нас это сплошь. Штатские лица любят судить о предметах военных и даже фельдмаршальских, а люди с инженерным образованием судят больше о философии и политической экономии.

На литию не поехал. Я горд, и если меня принимают только по экстренной необходимости, то чего же таскаться по их обедам, хотя бы и похоронным? Не понимаю только, зачем остался на кладбище; сел на памятник и соответственно задумался.

Начал с московской выставки, а кончил об удивлении, говоря вообще как о теме. Об "удивлении" я вот что вывел:

"Всему удивляться, конечно, глупо, а ничему не удивляться гораздо красивее и почему-то признано за хороший тон. Но вряд ли так в сущности. По-моему, ничему не удивляться гораздо глупее, чем всему удивляться. Да и кроме того: ничему не удивляться почти то же, что ничего и не уважать. Да глупый человек и не может уважать".

— Да я прежде всего желаю уважать. Я жажду уважать,— сказал мне как—то раз на днях один мой знакомый.

Жаждет он уважать! И боже, подумал я, что бы с тобой было, если б ты это дерзнул теперь напечатать!

Тут—то я и забылся. Не люблю читать надгробных надписей; вечно то же. На плите подле меня лежал недоеденный бутерброд: глупо и не к месту. Скинул его на землю, так как это не хлеб, а лишь бутерброд. Впрочем, на землю хлеб крошить, кажется, не грешно; это на пол грешно. Справиться в календаре Суворина.

Надо полагать, что я долго сидел, даже слишком; то есть даже прилег на длинном камне в виде мраморного гроба. И как это так случилось, что вдруг начал слышать разные вещи? Не обратил сначала внимания и отнесся с презрением. Но, однако, разговор продолжался. Слышу — звуки глухие, как будто рты закрыты подушками; и при всем том внятные и очень близкие. Очнулся, присел и стал внимательно вслушиваться.

— Ваше превосходительство, это просто никак невозможно—с. Вы объявили в червях, я вистую, и вдруг у вас семь в бубнах. Надо было условиться заранее насчет бубен—с.

— Что же, значит, играть наизусть? Где же привлекательность?

— Нельзя, ваше превосходительство, без гарантии никак нельзя. Надо непременно с болваном, и чтоб была одна темная сдача.

— Ну, болвана здесь не достанешь.

Какие заносчивые, однако, слова! И странно и неожиданно. Один такой веский и солидный голос, другой как бы мягко услащенный; не поверил бы, если б не слышал сам. На литии я, кажется, не был. И, однако, как же это здесь в преферанс, и какой такой генерал? Что раздавалось из—под могил, в том не было и сомнения. Я нагнулся и прочел надпись на памятнике:

"Здесь покоится тело генерал—майора Первоедова... таких—то и таких орденов кавалера". Гм. "Скончался в августе сего года... пятидесяти семи... Покойся, милый прах, до радостного утра!"

Гм, черт, в самом деле генерал! На другой могилке, откуда шел льстивый голос, еще не было памятника; была только плитка; должно быть, из новичков. По голосу надворный советник.

— Ох—хо—хо—хо! — послышался совсем уже новый голос, саженях в пяти от генеральского места и уже совсем из—под свежей могилки,— голос мужской и простонародный, но расслабленный на благоговейно—умиленный манер.

— Ох—хо—хо—хо!

— Ах, опять он икает! — раздался вдруг брезгливый и высокомерный голос раздраженной дамы, как бы высшего света.— Наказание мне подле этого лавочника!

— Ничего я не икал, да и пищи не принимал, а одно лишь это мое естество. И все—то вы, барыня, от ваших здешних капризов никак не можете успокоиться.

— Так зачем вы сюда легли?

— Положили меня, положили супруга и малые детки, а не сам я возлег. Смерти таинство! И не лег бы я подле вас ни за что, ни за какое злато; а лежу по собственному капиталу, судя по цене—с. Ибо это мы всегда можем, чтобы за могилку нашу по третьему разряду внести.

— Накопил; людей обсчитывал?

— Чем вас обсчитаешь—то, коли с января почитай никакой вашей уплаты к нам не было. Счетец на вас в лавке имеется.

— Ну уж это глупо; здесь, по—моему, долги разыскивать очень глупо! Ступайте наверх. Спрашивайте у племянницы; она наследница.

— Да уж где теперь спрашивать и куда пойдешь. Оба достигли предела и пред судом божиим во гресех равны.

— Во гресех! — презрительно передразнила покойница.— И не смейте совсем со мной говорить!

— Ох—хо—хо—хо!

— Однако лавочник—то барыни слушается, ваше превосходительство.

— Почему же бы ему не слушаться?

— Ну да известно, ваше превосходительство, так как здесь новый порядок.

— Какой же это новый порядок?

— Да ведь мы, так сказать, умерли, ваше превосходительство.

— Ах, да! Ну всё же порядок...

Ну, одолжили; нечего сказать, утешили! Если уж здесь до того дошло, то чего же спрашивать в верхнем—то этаже? Какие, однако же, штуки! Продолжал, однако, выслушивать, хотя и с чрезмерным негодованием.

— Нет, я бы пожил! Нет... я, знаете... я бы пожил! — раздался вдруг чей—то новый голос, где—то в промежутке между генералом и раздражительной барыней.

— Слышите, ваше превосходительство, наш опять зато же.

73

По три дня молчит—молчит, и вдруг: "Я бы пожил, нет, я бы пожил!" И с таким, знаете, аппетитом, хи—хи!

— И с легкомыслием.

— Пронимает его, ваше превосходительство, и, знаете, засыпает, совсем уже засыпает, с апреля ведь здесь, и вдруг :"Я бы пожил!"

— Скучновато, однако,— заметил его превосходительство.

— Скучновато, ваше превосходительство, разве Авдотью Игнатьевну опять пораздразнить, хи—хи?

— Нет уж, прошу уволить. Терпеть не могу этой задорной криксы.

— А я, напротив, вас обоих терпеть не могу,— брезгливо откликнулась крикса.— Оба вы самые прескучные и ничего не умеете рассказать идеального. Я про вас, ваше превосходительство,— не чваньтесь, пожалуйста,— одну историйку знаю, как вас из—под одной супружеской кровати поутру лакей щеткой вымел.

— Скверная женщина! — сквозь зубы проворчал генерал.

— Матушка, Авдотья Игнатьевна,— возопил вдруг опять лавочник,— барынька ты моя, скажи ты мне, зла не помня, что ж я по мытарствам это хожу, али что иное деется?..

— Ах, он опять за то же, так я и предчувствовала, потому слышу дух от него, дух, а это он ворочается!

— Не ворочаюсь я, матушка, и нет от меня никакого такого особого духу, потому еще в полном нашем теле как есть сохранил себя, а вот вы, барынька, так уж тронулись,— потому дух действительно нестерпимый, даже и поздешнему месту. Из вежливости только молчу.

— Ах, скверный обидчик! От самого так и разит, а он на меня.

— Ох—хо—хо—хо! Хоша бы сороковинки наши скорее пристигли: слезные гласы их над собою услышу, супруги вопль и детей тихий плач!..

— Ну, вот об чем плачет: нажрутся кутьи и уедут. Ах, хоть бы кто проснулся!

— Авдотья Игнатьевна,— заговорил льстивый чиновник.— Подождите капельку, новенькие заговорят.

— А молодые люди есть между ними?

— И молодые есть, Авдотья Игнатьевна. Юноши даже есть.

— Ах, как бы кстати!

— А что, не начинали еще?— осведомился его превосходительство.

— Даже и третьёводнишние еще не очнулись, ваше превосходительство, сами изволите знать, иной раз по неделе

74

молчат. Хорошо, что их вчера, третьего дня и сегодня как—то разом вдруг навезли. А то ведь кругом сажен на десять почти все у нас прошлогодние.

— Да, интересно.

— Вот, ваше превосходительство, сегодня действительного тайного советника Тарасевича схоронили. Я по голосам узнал. Племянник его мне знаком, давеча гроб опускал.

— Гм, где же он тут?

— Да шагах в пяти от вас, ваше превосходительство, влево. Почти в самых ваших ногах—с... Вот бы вам, ваше превосходительство, познакомиться.

— Гм, нет уж... мне что же первому.

— Да он сам начнет, ваше превосходительство. Он будет даже польщен, поручите мне, ваше превосходительство, и я...

— Ах, ах... ах, что же это со мной?— закряхтел вдруг чей—то испуганный новенький голосок.

— Новенький, ваше превосходительство, новенький, слава богу, и как ведь скоро! Другой раз по неделе молчат.

— Ах, кажется, молодой человек!— взвизгнула Авдотья Игнатьевна.

— Я... я... я от осложнения, и так внезапно!— залепетал опять юноша.— Мне Шульц еще накануне: у вас, говорит, осложнение, а я вдруг к утру и помер. Ах! Ах!

— Ну, нечего делать, молодой человек,— милостиво и очевидно радуясь новичку заметил генерал,— надо утешиться! Милости просим в нашу, так сказать, долину Иосафатову. Люди мы добрые, узнаете и оцените. Генерал—майор Василий Васильев Первоедов, к вашим услугам.

— Ах, нет! нет, нет, это я никак! Я у Шульца; у меня, знаете, осложнение вышло, сначала грудь захватило и кашель, а потом простудился: грудь и грипп... и вот вдруг совсем неожиданно... главное, совсем неожиданно.

— Вы говорите, сначала грудь,— мягко ввязался чиновник, как бы желая ободрить новичка.

— Да, грудь и мокрота, а потом вдруг нет мокроты и грудь, и дышать не могу... и знаете...

— Знаю, знаю. Но если грудь, вам бы скорее к Эку, а не к Шульцу.

— А я, знаете, всё собирался к Боткину... и вдруг...

— Ну, Боткин кусается,— заметил генерал.

— Ах, нет, он совсем не кусается; я слышал, он такой внимательный и всё предскажет вперед.

— Его превосходительство заметил насчет цены,— поправил чиновник.

— Ах, что вы, всего три целковых, и он так осматривает, и рецепт... и я непременно хотел, потому что мне говорили... Что же, господа, как же мне, к Эку или к Боткину?

— Что? Куда?— приятно хохоча, заколыхался труп генерала. Чиновник вторил ему фистулой.

— Милый мальчик, милый, радостный мальчик, как я тебя люблю! — восторженно взвизгнула Авдотья Игнатьевна.— Вот если б этакого подле положили!

Нет, этого уж я не могу допустить! и это современный мертвец! Однако послушать еще и не спешить заключениями. Этот сопляк новичок — я его давеча в гробу помню — выражение перепуганного цыпленка, наипротивнейшее в мире! Однако что далее.

Но далее началась такая катавасия, что я всего и не удержал в памяти, ибо очень многие разом проснулись: проснулся чиновник, из статских советников, и начал с генералом тотчас же и немедленно о проекте новой подкомиссии в министерстве — дел и о вероятном, сопряженном с подкомиссией, перемещении должностных лиц, чем весьма и весьма развлек генерала. Признаюсь, я и сам узнал много нового, так что подивился путям, которыми можно иногда узнавать в сей столице административные новости. Затем полупроснулся один инженер, но долго еще бормотал совершенный вздор, так что наши и не приставали к нему, а оставили до времени вылежаться. Наконец, обнаружила признаки могильного воодушевления схороненная поутру под катафалком знатная барыня. Лебезятников (ибо льстивый и ненавидимый мною надворный советник, помещавшийся подле генерала Первоедова, по имени оказался Лебезятниковым) очень суетился и удивлялся, что так скоро на этот раз все просыпаются. Признаюсь, удивился и я; впрочем, некоторые из проснувшихся были схоронены еще третьего дня, как, например, одна молоденькая очень девица, лет шестнадцати, но все хихикавшая... мерзко и плотоядно хихикавшая.

— Ваше превосходительство, тайный советник Тарасевич просыпаются! — возвестил вдруг Лебезятников с чрезвычайною торопливостью.

— А? что? — брезгливо и сюсюкающим голосом прошамкал вдруг очнувшийся тайный советник. В звуках голоса было нечто капризно—повелительное. Я с любопытством прислушался, ибо в последние дни нечто слышал о сем Тарасевиче — соблазнительное и тревожное в высшей степени.

— Это я—с, ваше превосходительство, покамест всего только я—с.

— Чего просите и что вам угодно?

— Единственно осведомиться о здоровье вашего превосходительства; с непривычки здесь каждый с первого разу чувствует себя как бы в тесноте—с... Генерал Первоедов желал бы иметь честь знакомства с вашим превосходительством и надеются...

— Не слыхал.

— Помилуйте, ваше превосходительство, генерал Первоедов, Василий Васильевич...

— Вы генерал Первоедов?

— Нет—с, ваше превосходительство, я всего только надворный советник Лебезятников—с к вашим услугам, а генерал Первоедов...

— Вздор! И прошу вас оставить меня в покое.

— Оставьте,— с достоинством остановил наконец сам генерал Первоедов гнусную торопливость могильного своего клиента.

— Не проснулись еще, ваше превосходительство, надо иметь в виду—с; это они с непривычки—с: проснутся и тогда примут иначе—с...

— Оставьте,— повторил генерал.

— Василий Васильевич! Эй вы, ваше превосходительство! — вдруг громко и азартно прокричал подле самой Авдотьи Игнатьевны один совсем новый голос — голос барский и дерзкий, с утомленным по моде выговором и с нахальною его скандировкою,— я вас всех уже два часа наблюдаю; я ведь три дня лежу; вы помните меня, Василий Васильевич? Клиневич, у Волоконских встречались, куда вас, не знаю почему, тоже пускали.

— Как, граф Петр Петрович... да неужели же вы... и в таких молодых годах... Как сожалею!

— Да я и сам сожалею, но только мне все равно, и я хочу отсюду извлечь всё возможное. И не граф, а барон, всего только барон. Мы какие—то шелудивые баронишки, из лакеев, да и не знаю почему, наплевать. Я только негодяй псевдовысшего света и считаюсь "милым полисоном". Отец мой какой—то генералишка, а мать была когда—то принята en haut lieu.[3] Я с Зифелем—жидом на пятьдесят тысяч прошлого года фальшивых бумажек провел, да на него и донес, а деньги все с собой Юлька Charpentier de Lusignan увезла в Бордо. И,

---

[3] в высших сферах (франц.).

представьте, я уже совсем был помолвлен — Щевалевская, трех месяцев до шестнадцати недоставало, еще в институте, за ней тысяч девяносто дают. Авдотья Игнатьевна, помните, как вы меня, лет пятнадцать назад, когда я еще был четырнадцатилетним пажом, развратили?

— Ах, это ты негодяй, ну хоть тебя бог послал, а то здесь...

— Вы напрасно вашего соседа негоцианта заподозрили в дурном запахе... Я только молчал да смеялся. Ведь это от меня; меня так в заколоченном гробе и хоронили.

— Ах, какой мерзкий! Только я все—таки рада; вы не поверите, Клиневич, не поверите, какое здесь отсутствие жизни и остроумия.

— Ну да, ну да, и я намерен завести здесь нечто оригинальное. Ваше превосходительство,— я не вас, Первоедов,— ваше превосходительство, другой, господин Тарасевич, тайный советник! Откликнитесь! Клиневич, который вас к m—lle Фюри постом возил, слышите?

— Я вас слышу, Клиневич, и очень рад, и поверь—те...

— Ни на грош не верю, и наплевать. Я вас, милый старец, просто расцеловать хочу, да, слава богу, не могу. Знаете вы, господа, что этот grand—pѐre2 [дедушка (франц.)] сочинил? Он третьего дня аль четвертого помер и, можете себе представить, целых четыреста тысяч казенного недочету оставил? Сумма на вдов и сирот, и он один почему—то хозяйничал, так что его под конец лет восемь не ревизовали. Воображаю, какие там у всех теперь длинные лица и чем они его поминают? Не правда ли, сладострастная мысль! Я весь последний год удивлялся, как у такого семидесятилетнего старикашки, подагрика и хирагрика, уцелело еще столько сил на разврат, и — и вот теперь и разгадка! Эти вдовы и сироты — да одна уже мысль о них должна была раскалять его!.. Я про это давно уже знал, один только я и знал, мне Charpentier передала, и как я узнал, тут—то я на него, на святой, и налег по—приятельски: "Подавай двадцать пять тысяч, не то завтра обревизуют"; так, представьте, у него только тринадцать тысяч тогда нашлось, так что он, кажется, теперь очень кстати помер. Grand—pѐre, grand—pѐre, слышите:·

— Cher Клиневич, я совершенно с вами согласен и напрасно вы... пускались в такие подробности. В жизни столько страданий, истязаний и так мало возмездия... я пожелал наконец успокоиться и, сколько вижу, надеюсь извлечь и отсюда всё...

— Бьюсь об заклад, что он уже пронюхал. Катишь Берестову!

— Какую?.. Какую Катишь?— плотоядно задрожал голос старца.

— А—а, какую Катишь? А вот здесь, налево, в пяти шагах от меня, от вас в десяти. Она уж здесь пятый день, и если б вы знали, grand—père, что это за мерзавочка... хорошего дома, воспитанна и — монстр, монстр до последней степени! Я там ее никому не показывал, один я изнал... Катишь, откликнись!

— Хи—хи—хи! — откликнулся надтреснутый звук девичьего голоска, но в нем послышалось нечто вроде укола иголки.— Хи—хи—хи!

— И блон—ди—ночка?— обрывисто в три звука пролепетал grand—père.

— Хи—хи—хи!

— Мне... мне давно уже,— залепетал, задыхаясь, старец,— нравилась мечта о блондиночке... лет пятнадцати... и именно при такой обстановке...

— Ах, чудовище! — воскликнула Авдотья Игнатьевна.

— Довольно! — порешил Клиневич,— я вижу, что материал превосходный. Мы здесь немедленно устроимся к лучшему. Главное, чтобы весело провести остальное время; но какое время? Эй, вы, чиновник какой—то, Лебезятников, что ли, я слышал, что вас так звали!

— Лебезятников, надворный советник, Семен Евсеич, к вашим услугам и очень—очень—очень рад.

— Наплевать, что вы рады, а только вы, кажется, здесь всё знаете. Скажите, по—первых (я еще со вчерашнего дня удивляюсь), каким это образом мы здесь говорим? Ведь мы умерли, а между тем говорим; как будто и движемся, а между тем и не говорим и не движемся? Что за фокусы?

— Это, если б вы пожелали, барон, мог бы вам лучше меня Платон Николаевич объяснить.

— Какой такой Платон Николаевич? Не мямлите, к делу.

— Платон Николаевич, наш доморощенный здешний философ, естественник и магистр. Он несколько философских книжек пустил, но вот три месяца и совсем засыпает, так что уже здесь его невозможно теперь раскачать. Раз в неделю бормочет по нескольку слов, не идущих к делу.

— К делу, к делу!..

— Он объясняет всё это самым простым фактом, именно тем, что наверху, когда еще мы жили, то считали ошибочно тамошнюю смерть за смерть. Тело здесь еще раз как будто оживает, остатки жизни сосредоточиваются, но только в сознании. Это — не умею вам выразить — продолжается жизнь как бы по инерции. Всё сосредоточено, по мнению его, где—то в

79

сознании и продолжается еще месяца два или три... иногда даже полгода... Есть, например, здесь один такой, который почти совсем разложился, но раз недель в шесть он всё еще вдруг пробормочет одно словцо, конечно бессмысленное, про какой—то бобок: "Бобок, бобок",— но и в нем, значит, жизнь всё еще теплится незаметною искрой...

— Довольно глупо. Ну а как же вот я не имею обоняния, а слышу вонь?

— Это... хе—хе... Ну уж тут наш философ пустился в туман. Он именно про обоняние заметил, что тут вонь слышится, так сказать, нравственная — хе—хе! Вонь будто бы души, чтобы в два—три этих месяца успеть спохватиться... и что это, так сказать, последнее милосердие... Только мне кажется, барон, всё это уже мистический бред, весьма извинительный в его положении...

— Довольно, и далее, я уверен, всё вздор. Главное, два или три месяца жизни и в конце концов — бобок. Я предлагаю всем провести эти два месяца как можно приятнее и для того всем устроиться на иных основаниях. Господа! я предлагаю ничего не стыдиться!

— Ах, давайте, давайте ничего не стыдиться! — послышались многие голоса, и, странно, послышались даже совсем новые голоса, значит, тем временем вновь проснувшихся. С особенною готовностью прогремел басом свое согласие совсем уже очнувшийся инженер. Девочка Катишь радостно захихикала.

— Ах, как я хочу ничего не стыдиться! — с восторгом воскликнула Авдотья Игнатьевна.

— Слышите, уж коли Авдотья Игнатьевна хочет ничего не стыдиться...

— Нет—нет—нет, Клиневич, я стыдилась, я все—таки там стыдилась, а здесь я ужасно, ужасно хочу ничего не стыдиться!

— Я понимаю, Клиневич,— пробасил инженер,— что вы предлагаете устроить здешнюю, так сказать, жизнь на новых и уже разумных началах.

— Ну, это мне наплевать! На этот счет подождем Кудеярова, вчера принесли. Проснется и вам всё объяснит. Это такое лицо, такое великанское лицо! Завтра, кажется, притащат еще одного естественника, одного офицера наверно и, если не ошибаюсь, дня через три—четыре одного фельетониста, и, кажется, вместе с редактором. Впрочем, черт с ними, но только нас соберется своя кучка и у нас всё само собою устроится. Но пока я хочу, чтоб не лгать. Я только этого и хочу, потому что это главное. На земле жить и не лгать невозможно, ибо жизнь и ложь синонимы; ну а здесь мы для смеху будем не лгать. Черт возьми, ведь значит же что—нибудь могила! Мы все будем вслух рассказывать наши истории и уже ничего не стыдиться. Я прежде всех про себя расскажу. Я, знаете, из плотоядных. Всё это там вверху было связано гнилыми веревками. Долой веревки, и проживем эти два месяца в самой бесстыдной правде! Заголимся и обнажимся!

— Обнажимся, обнажимся! — закричали во все голоса.

— Я ужасно, ужасно хочу обнажиться! — взвизгнула Авдотья Игнатьевна.

— Ах... ах... Ах, я вижу, что здесь будет весело, я нехочу к Эку!

— Нет, я бы пожил, нет, знаете, я бы пожил!

— Хи—хи—хи! — хихикала Катишь.

— Главное, что никто не может нам запретить, и хоть Первоедов, я вижу, и сердится, а рукой он меня все—таки не достанет. Grand—père, вы согласны?

— Я совершенно, совершенно согласен и с величайшим моим удовольствием, но с тем, что Катишь начнет первая свою би—о—графию.

— Протестую! протестую изо всех сил,— с твердостию произнес генерал Первоедов.

— Ваше превосходительство! — в торопливом волнении и понизив голос лепетал и убеждал негодяй Лебезятников,— ваше превосходительство, ведь это нам даже выгоднее, если мы согласимся. Тут, знаете, эта девочка... и наконец, все эти разные штучки..

— Положим, девочка, но...

— Выгоднее, ваше превосходительство, ей—богу бы выгоднее! Ну хоть для примерчика, ну хоть попробуем...

— Даже и в могиле не дадут успокоиться!

— Во—первых, генерал, вы в могиле в преферанс играете, а во—вторых, нам на вас на—пле—вать,— проскандировал Клиневич.

— Милостивый государь, прошу, однако, не забываться.

— Что? Да ведь вы меня не достанете, а я вас могу отсюда дразнить, как Юлькину болонку. И, во—первых, господа, какой он здесь генерал? Это там он был генерал, а здесь пшик!

— Нет, не пшик... я и здесь...

— Здесь вы сгниете в гробу, и от вас останется шесть, медных пуговиц.

— Браво, Клиневич, ха—ха—ха! — заревели голоса.

— Я служил государю моему... я имею шпагу...

81

— Шпагой вашей мышей колоть, и к тому же вы ее никогда не вынимали.

— Все равно—с, я составлял часть целого.

— Мало ли какие есть части целого.

— Браво, Клиневич, браво, ха—ха—ха!

— Я не понимаю, что такое шпага,— провозгласил инженер.

— Мы от пруссаков убежим, как мыши, растреплют в пух! — прокричал отдаленный и неизвестный мне голос, но буквально захлебывавшийся от восторга.

— Шпага, сударь, есть честь! — крикнул было генерал, но только я его и слышал. Поднялся долгий и неистовый рев, бунт и гам, и лишь слышались нетерпеливые до истерики взвизги Авдотьи Игнатьевны.

— Да поскорей же, поскорей! Ах, когда же мы начнем ничего не стыдиться!

— Ох—хо—хо! воистину душа по мытарствам ходит!— раздался было голос простолюдина, и...

И тут я вдруг чихнул. Произошло внезапно и ненамеренно, но эффект вышел поразительный: всё смолкло, точно на кладбище, исчезло, как сон. Настала истинно могильная тишина. Не думаю, чтобы они меня устыдились, решились же ничего не стыдиться! Я прождал минут с пять и — ни слова, ни звука. Нельзя тоже предположить, чтобы испугались доноса в полицию; ибо что может тут сделать полиция? Заключаю невольно, что все—таки у них должна быть какая—то тайна, неизвестная смертному и которую они тщательно скрывают от всякого смертного.

"Ну, подумал, миленькие, я еще вас навещу" — и с сим словом оставил кладбище.

Нет, этого я не могу допустить; нет, воистину нет! Бобок меня не смущает (вот он, бобок—то, и оказался!).

Разврат в таком месте, разврат последних упований, разврат дряблых и гниющих трупов и — даже не щадя последних мгновений сознания! Им даны, подарены эти мгновения и... А главное, главное, в таком месте! Нет, этого я не могу допустить...

Побываю в других разрядах, послушаю везде. То—то и есть что надо послушать везде, а не с одного лишь краю, чтобы составить понятие. Авось наткнусь и на утешительное.

А к тем напременно вернусь. Обещали свои биографии и разные анекдотцы. Тьфу! Но пойду, непременно пойду, дело совести!

Снесу в "Гражданин"; там одного редактора портрет тоже выставили. Авось напечатает.

МАЛЕНЬКИЙ ГЕРОЙ

(Из неизвестных мемуаров)

Было мне тогда без малого одиннадцать лет. В июле отпустили меня гостить в подмосковную деревню, к моему родственнику, Т — ву, к которому в то время съехалось человек пятьдесят, а может быть и больше, гостей... не помню, не сосчитал. Было шумно и весело. Казалось, что это был праздник, который с тем и начался, чтоб никогда не кончиться. Казалось, наш хозяин дал себе слово как можно скорее промотать всё свое огромное состояние, и ему удалось—таки недавно оправдать эту догадку, то есть промотать всё, дотла, дочиста, до последней щепки. Поминутно наезжали новые гости, Москва же была в двух шагах, на виду, так что уезжавшие только уступали место другим, а праздник шел своим чередом. Увеселения сменялись одни другими, и затеям конца не предвиделось. То верховая езда по окрестностям, целыми партиями, то прогулки в бор или по реке; пикники, обеды в поле; ужины на большой террасе дома, обставленной тремя рядами драгоценных цветов, заливавших ароматами свежий ночной воздух, при блестящем освещении, от которого наши дамы, и без того почти все до одной хорошенькие, казались еще прелестнее с их одушевленными от дневных впечатлений лицами, с их сверкавшими глазками, с их перекрестною резвою речью, переливавшеюся звонким как колокольчик смехом; танцы, музыка, пение; если хмурилось небо, сочинялись живые картины, шарады, пословицы; устраивался домашний театр. Явились краснобаи, рассказчики, бонмотисты.

Несколько лиц резко обрисовалось на первом плане. Разумеется, злословие, сплетни шли своим чередом, так как без них и свет не стоит, и миллионы особ перемерли бы от тоски как мухи. Но так как мне было одиннадцать лет, то я и не замечал тогда этих особ, отвлеченный совсем другим, а если и заметил что, так не всё. После уже кое—что пришлось вспомнить. Только одна блестящая, сторона картины могла броситься в мои детские глаза, и это всеобщее одушевление, блеск, шум — всё это, доселе невиданное и неслыханное мною, так поразило меня, что я в первые дни совсем растерялся и маленькая голова моя закружилась.

Но я всё говорю про свои одиннадцать лет, и, конечно, я

был ребенок, не более как ребенок. Многие из этих прекрасных женщин, лаская меня, еще не думали справляться с моими годами. Но — странное дело! — какое—то непонятное мне самому ощущение уже овладело мною; что—то шелестило уже по моему сердцу, до сих пор незнакомое; и неведомое ему; но отчего оно подчас горело и билось, будто испуганное, и часто неожиданным румянцем обливалось лицо мое. Порой мне как—то стыдно и даже обидно было за разные детские мои привилегии. Другой раз как будто удивление одолевало меня, и я уходил куда—нибудь, где бы не могли меня видеть, как будто для того, чтоб перевести дух и что—то припомнить, что—то такое, что до сих пор, казалось мне, я очень хорошо помнил и про что теперь вдруг позабыл, но без чего, однако ж, мне покуда нельзя показаться и никак нельзя быть.

То, наконец, казалось мне, что я что—то затаил от всех, а но ни за что и никому не сказывал об этом, затем что стыдно мне, маленькому человеку, до слез. Скоро среди вихря, меня окружавшего, почувствовал я какое—то одиночество. Тут были и другие дети, но все — или гораздо моложе, или гораздо старше меня; да, впрочем, не до них было мне. Конечно, ничего б и не случилось со мною, если б я не был в исключительном положении. На глаза всех этих прекрасных дам, я всё еще был то же маленькое, неопределенное существо, которое они подчас любили ласкать и с которым им можно было играть как с маленькой куклой. Особенно одна из них, очаровательная блондинка, с пышными, густейшими волосами, каких я никогда потом не видел и, верно, никогда не увижу, казалось, поклялась не давать мне. покоя. Меня смущал, а ее веселил смех, раздававшийся кругом нас, который она поминутно вызывала своими резкими, взбалмошными выходками со мною, что, видно, доставляло ей огромное наслаждение. В пансионах, между подругами, ее наверное прозвали бы школьницей. Она была чудно хороша, и что—то было в ее красоте, что так и металось в глаза с первого взгляда. И, уж конечно, она непохожа была на тех маленьких стыдливеньких блондиночек, беленьких, как пушок, и нежных, как белые мышки или пасторские дочки. Ростом она была невысока и немного полна, но с нежными, тонкими линиями лица, очаровательно нарисованными. Что—то как молния сверкающее было в этом лице, да и вся она — как огонь, живая, быстрая, легкая. Из ее больших открытых глаз будто искры сыпались; они сверкали, как алмазы, и никогда я не променяю таких голубых искрометных глаз ни на какие черные, будь они чернее самого черного андалузского взгляда, да и блондинка

84

моя, право, стоила той знаменитой брюнетки, которую воспел один известный и прекрасный поэт и который еще в таких превосходных стихах поклялся всей Кастилией, что готов переломать себе кости, если позволят ему только кончиком пальца прикоснуться к мантилье его красавицы. Прибавь к тому, что моя красавица была самая веселая из всех красавиц в мире, самая взбалмошная хохотунья, резвая как ребенок, несмотря на то что лет пять как была уже замужем. Смех не сходил с ее губ, свежих, как свежа утренняя роза, только что успевшая раскрыть. с первым лучом солнца, свою алую, ароматную почку, на которой еще не обсохли холодные крупные капли росы.

Помню, что на второй день моего приезда был устроен домашний театр. Зала была, как говорится, набита битком; не было ни одного места свободного; а так как мне привелось почему—то опоздать, то я и принужден был наслаждаться спектаклем стоя. Но веселая игра всё более и более тянула меня вперед, и я незаметно пробрался до самых первых рядов, где и стал наконец, облокотясь на спинку кресел, в которых сидела одна дама. Это была моя блондинка; но мы еще знакомы не были. И вот, как—то невзначай, засмотрелся я на ее чудно—округленные, соблазнительные плечи, полные, белые, как молочный кипень, хотя мне решительно всё равно было смотреть: на чудесные женские плечи или на чепец с огненными лентами, скрывавший седины одной почтенной дамы в первом ряду. Возле блондинки сидела перезрелая дева, одна из тех, которые, как случалось мне потом замечать, вечно ютятся где—нибудь как можно поближе к молоденьким и хорошеньким женщинам, выбирая таких, которые не любят гонять от себя молодежь. Но не в том дело; только эта дева подметила мои наблюдения, нагнулась к соседке и, хихикая, пошептала ей что—то на ухо. Соседка вдруг обернулась, и помню, что огневые глаза ее так сверкнули на меня в полусумраке, что я, не приготовленный к встрече, вздрогнул, как будто обжегшись. Красавица улыбнулась.

— Нравится вам, что играют? — спросила она, лукаво и насмешливо посмотрев мне в глаза.

— Да, — отвечал я, всё еще смотря на нее в каком—то удивлении, которое ей в свою очередь, видимо, нравилось.

— А зачем же вы стоите? Так — устанете; разве вам места нет?

— То—то и есть, что нет, — отвечал я, на этот раз более занятый заботой, чем искрометными глазами красавицы, и пресерьезно обрадовавшись, что нашлось наконец доброе сердце, которому можно открыть свое горе. — Я уж искал, да все стулья заняты, — прибавил я, как будто жалуясь ей на то, что все стулья заняты.

— Ступай сюда, — живо заговорила она, скорая на все решения так же, как и на всякую сумасбродную идею, какая бы ни мелькнула в взбалмошной ее голове, — ступай сюда, ко мне, и садись мне на колени.

— На колени?.. — повторил я, озадаченный.

Я уже сказал, что мои привилегии серьезно начали меня обижать и совестить. Эта, будто на смех, не в пример другим далеко заходила. К тому же я, и без того всегда робкий и стыдливый мальчик, теперь как—то особенно начал робеть перед женщинами и потому ужасно сконфузился.

— Ну да, на колени! Отчего же ты не хочешь сесть ко мне на колени? — настаивала она, начиная смеяться всё сильнее и сильнее, так что наконец просто принялась хохотать бог знает чему, может быть, своей же выдумке или обрадовавшись, что я так сконфузился. Но ей того—то и нужно было.

Я покраснел и в смущении осматривался кругом, приискивая — куда бы уйти; но она уже предупредила меня, как—то успев поймать мою руку, именно для того, чтоб я не ушел, и, притянув ее к себе, вдруг, совсем неожиданно, к величайшему моему удивлению, пребольно сжала ее в своих шаловливых, горячих пальчиках и начала ломать мои пальцы, но так больно, что я напрягал все усилия, чтоб не закричать, и при этом делал пресмешные гримасы. Кроме того, я был в ужаснейшем удивлении, недоумении, ужасе даже, узнав, что есть такие смешные и злые дамы, которые говорят с мальчиками про такие пустяки да еще больно так щиплются, бог знает за что и при всех. Вероятно, мое несчастное лицо отражало все мои недоумения, потому что шалунья хохотала мне в глаза как безумная, а между тем всё сильнее и сильнее щипала и ломала мой бедные пальцы. Она была вне себя от восторга, что удалось—таки нашкольничать, сконфузить бедного мальчика и замистифировать его в прах. Положение мое было отчаянное. Во—первых, я горел от стыда, потому что почти все кругом нас оборотились к нам, одни в недоумении, другие со смехом, сразу поняв, что красавица что—нибудь напроказила. Кроме того, мне страх как хотелось кричать, потому что она ломала мои пальцы с каким—то ожесточением, именно за то, что я не кричу: а я, как спартанец, решился выдерживать боль, боясь наделать криком суматоху, после которой уж не знаю, что бы сталось со мною. В припадке совершенного отчаяния начал я наконец борьбу и принялся из всех сил тянуть к себе свою собственную руку, но тиранка моя была гораздо меня сильнее. Наконец я не выдержал, вскрикнул, — того только и ждала! Мигом она бросила меня и отвернулась, как ни в чем не бывала, как будто и не она напроказила, а кто другой, ну точь—в—точь какой—нибудь школьник, который, чуть отвернулся учитель, уже успел напроказить где—нибудь по соседству, щипнуть какого—нибудь крошечного, слабосильного мальчика, дать ему щелчка, пинка, подтолкнуть ему локоть и мигом опять повернуться, поправиться, уткнувшись в книгу, начать долбить свой урок и, таким образом, оставить разгневанного господина учителя, бросившегося, подобно ястребу, на шум, — с предлинным и неожиданным носом.

Но, к моему счастью, общее внимание увлечено было в эту минуту мастерской игрой нашего хозяина, который исполнял в игравшейся пьеске, какой—то скрибовской комедии, главную роль. Все зааплодировали; я, под шумок, скользнул из ряда и забежал на самый конец залы, в противоположный угол, откуда, притаясь за колонной, с ужасом смотрел туда, где сидела коварная красавица. Она всё еще хохотала, закрыв платком свои губки. И долго еще она оборачивалась назад, выглядывая меня по всем углам, — вероятно, очень жалея, что так скоро кончилась наша сумасбродная схватка, и придумывая, как бы еще что—нибудь напроказить.

Этим началось наше знакомство, и с этого вечера она уже не отставала от меня ни на шаг. Она преследовала меня без меры и совести, сделалась гонительницей, тиранкой моей. Весь комизм ее проделок со мной заключался в том, что она сказалась влюбленною в меня по уши и резала меня при всех. Разумеется, мне, прямому дикарю, всё это до слез было тяжело и досадно, так что я уже несколько раз был в таком серьезном и критическом положении, что готов был подраться с моей коварной обожательницей. Мое наивное смущение, моя отчаянная тоска как будто окрыляли ее преследовать меня до конца. Она не знала жалости, а я не знал — куда от нее деваться. Смех, раздававшийся кругом нас и который она умела—таки вызвать, только поджигал ее на новые шалости. Но стали наконец находить ее шутки немного слишком далекими. Да и вправду, как пришлось теперь вспомнить, она уже чересчур позволяла себе с таким ребенком, как я.

Но уж такой был характер: была она, по всей форме, баловница. Я слышал потом, что избаловал ее всего более ее же собственный муж, очень толстенький, очень невысокий и очень красный человек, очень богатый и очень деловой, по крайней мере с виду: вертлявый, хлопотливый, он двух часов не мог прожить на одном месте. Каждый день ездил он от нас в Москву, иногда по два раза, и всё, как сам уверял, по делам. Веселее и добродушнее, этой комической и между тем всегда порядочной физиономии трудно было сыскать. Он мало того, что любил жену до слабости, до жалости, — он просто поклонялся ей как идолу.

Он не стеснял ее ни в чем. Друзей и подруг у ней было множество. Во—первых, ее мало кто не любил, а во—вторых — ветреница и сама была не слишком разборчива в выборе друзей своих, хотя в основе ее характера было гораздо более серьезного, чем сколько можно предположить, судя по тому, что я теперь рассказал. Но из всех подруг своих она всех больше любила и отличала одну молодую даму, свою дальнюю родственницу, которая теперь тоже была в нашем обществе. Между ними была какая—то нежная, утонченная связь, одна из тех связей, которые зарождаются иногда при встрече двух характеров, часто совершенно противоположных друг другу, но из которых один и строже, и глубже, и чище другого, тогда как другой, с высоким смирением и с благородным чувством самооценки, любовно подчиняется ему, почувствовав всё превосходство его над собою и, как счастье, заключает в сердце своем его дружбу. Тогда—то начинается эта нежная и благородная утонченность в отношениях таких характеров: любовь и снисхождение до конца, с одной стороны, любовь и уважение — с другой, уважение, доходящее до какого—то страха, до боязни за себя в глазах того, кем так высоко дорожишь, и до ревнивого, жадного желания с каждым шагом в жизни всё ближе и ближе подходить его сердцу. Обе подруги были одних лет, но между тем была неизмеримая разница во всем, начиная с красоты. M—me M * была тоже очень хороша собой, но в красоте ее было что—то особенное, резко отделявшее ее от толпы хорошеньких женщин; было что—то в лице ее, что тотчас же неотразимо влекло к себе все симпатии, или, лучше сказать, что пробуждало благородную, возвышенную симпатию в том, кто встречал ее. Есть такие счастливые лица. Возле нее всякому становилось как—то лучше, как—то свободнее, как—то теплее, и, однако ж, ее грустные большие глаза, полные огня и силы, смотрели робко и беспокойно, будто под ежеминутным страхом чего—то враждебного и грозного, и эта странная робость таким унынием покрывала подчас ее тихие, кроткие черты, напоминавшие светлые лица итальянских мадонн, что, смотря на нее, самому становилось скоро так же грустно, как за собственную, как за родную печаль. Это бледное, похудевшее лицо, в котором сквозь безукоризненную красоту чистых, правильных линий и унылую суровость глухой, затаенной тоски еще так часто просвечивал первоначальный детски ясный облик, — образ еще недавних доверчивых лет и, может быть, наивного счастья; эта тихая, но несмелая, колебавшаяся улыбка — всё это поражало таким безотчетным участием к этой женщине, что в сердце каждого невольно зарождалась сладкая, горячая забота, которая громко говорила за нее еще издали и еще вчуже роднила с нею, Но красавица казалась как—то молчаливою, скрытною, хотя, конечно, не было существа более внимательного и любящего, когда кому—нибудь надобилось сочувствие. Есть женщины, которые точно сестры милосердия в жизни. Перед ними можно ничего не скрывать, по крайней мере ничего, что есть больного и уязвленного в душе. Кто страждет, тот смело и с надеждой иди к ним и не бойся быть в тягость, затем что редкий из нас знает, насколько может быть бесконечно терпеливой любви, сострадания и всепрощения в ином женском сердце. Целые сокровища симпатии, утешения, надежды хранятся в этих чистых сердцах, так часто тоже уязвленных, потому что сердце, которое много любит, много грустит, но где рана бережливо закрыта от любопытного взгляда, затем что глубокое горе всего чаще молчит и таится. Их же не испугает ни глубина раны, ни гной ее, ни смрад ее: кто к ним подходит, тот уж их достоин; да они, впрочем, как будто и родятся на подвиг... М—me М * была высока ростом, гибка и стройна, но несколько тонка. Все движения ее были как—то неровны, то медленны, плавны и даже как—то важны, то детски скоры, а вместе с тем и какое—то робкое смирение проглядывало в ее жесте, что—то как будто трепещущее и незащищенное, но никого не просившее и не молившее о защите.

Я уже сказал, что непохвальные притязания коварной блондинки стыдили меня, резали меня, язвили меня до крови. Но этому была еще причина тайная, странная, глупая, которую я таил, за которую дрожал, как кащей, и даже при одной мысли о ней, один на один с опрокинутой моей головою, где—нибудь в таинственном, темном углу, куда не досягал инквизиторский, насмешливый взгляд никакой голубоокой плутовки, при одной мысли об этом предмете я чуть не задыхался от смущения, стыда и боязни, — словом, я был влюблен, то есть, положим, что я сказал вздор: этого быть не могло; но отчего же из всех лиц, меня окружавших, только одно лицо уловлялось моим вниманием? Отчего только за нею я любил следить взглядом, хотя мне решительно не до того было тогда, чтоб выглядывать дам и знакомиться с ними? Случалось это всего чаще по вечерам, когда ненастье запирало всех в комнаты и когда я, одиноко притаясь где—нибудь в углу залы, беспредметно глазел по сторонам, решительно не находя никакого другого занятия, потому что со мной, исключая моих гонительниц, редко кто говорил, и было мне в такие вечера нестерпимо скучно. Тогда всматривался я в окружавшие меня лица, вслушивался в разговор, в котором часто не понимал ни слова, и вот в это—то время тихие взгляды, кроткая улыбка и прекрасное лицо m—me M * (потому что это была она), бог знает почему, уловлялись моим зачарованным вниманием, и уж не изглаживалось это странное, неопределенное, но непостижимо сладкое впечатление мое. Часто по целым часам я как будто уж и не мог от нее оторваться; я заучил каждый жест, каждое движение ее, вслушался в каждую вибрацию густого, серебристого, но несколько заглушенного голоса и — странное дело! — из всех наблюдений своих вынес, вместе с робким и сладким впечатлением, какое—то непостижимое любопытство. Похоже было на то, как будто я допытывался какой—нибудь тайны...

Всего мучительнее для меня были насмешки в присутствии m—me M *. Эти насмешки и комические гонения, по моим понятиям, даже унижали меня. И когда, случалось, раздавался общий смех на мой счет, в котором даже m—me M * иногда невольно принимала участие, тогда я, в отчаянии, вне себя от горя, вырывался от своих тиранок и убегал наверх, где и дичал остальную часть дня, не смея показать своего лица в зале. Впрочем, я и сам еще не понимал ни своего стыда, ни волнения; весь процесс переживался во мне бессознательно. С m—me M * я почти не сказал еще и двух слов, да и, конечно, не решился бы на это. Но вот однажды вечером, после несноснейшего для меня дня, отстал я от других на прогулке, ужасно устал и пробирался домой через сад. На одной скамье, в уединенной аллее, увидел я m—me M *. Она сидела одна—одинехонька, как будто нарочно выбрав такое уединенное место, склонив голову на грудь и машинально перебирая в руках платок. Она была в такой задумчивости, что и не слыхала, как я с ней поравнялся.

Заметив меня, она быстро поднялась со скамьи, отвернулась и, я увидел, наскоро отерла глаза платком. Она плакала. Осушив глаза, она улыбнулась мне и пошла вместе со мною домой. Уж не помню, о чем мы с ней говорили; но она поминутно отсылала меня под разными предлогами: то просила сорвать ей цветок, то посмотреть, кто едет верхом по соседней аллее. И когда я отходил от нее, она тотчас же опять подносила платок к глазам своим и утирала непослушные слезы, которые никак не хотели покинуть ее, всё вновь и вновь накипали в сердце и всё лились из ее бедных глаз. Я понимал, что, видно, я ей очень в тягость, когда она так часто меня отсылает, да и сама она уже видела, что я всё заметил, но только не могла удержаться, и это меня еще более за нее надрывало. Я злился на себя в эту минуту почти до отчаяния, проклинал себя за неловкость и ненаходчивость и все—таки не знал, как ловче отстать от нее, не выказав, что заметил ее горе, но шел рядом с нею, в грустном изумлении, даже в испуге, совсем растерявшись и решительно не находя ни одного слова для поддержки оскудевшего нашего разговора.

Эта встреча так поразила меня, что я весь вечер с жадным любопытством следил потихоньку за m—me M * и не спускал с нее глаз. Но случилось так, что она два раза застала меня врасплох среди моих наблюдений, и во второй раз, заметив меня, улыбнулась. Это была ее единственная улыбка за весь вечер. Грусть еще не сходила с лица ее, которое было теперь очень бледно. Всё время она тихо разговаривала с одной пожилой дамой, злой и сварливой старухой, которой никто не любил за шпионство и сплетни, но которой все боялись, а потому и принуждены были всячески угождать ей, волей—неволей...

Часов в десять приехал муж m—me M *. До сих пор я наблюдал за ней очень пристально, не отрывая глаз от ее грустного лица; теперь же, при неожиданном входе мужа, я видел, как она вся вздрогнула и лицо ее, и без того уже бледное, сделалось вдруг белее платка. Это было так приметно, что и другие заметили: я расслышал в стороне отрывочный разговор, из которого кое—как догадался, что бедной m—me M * не совсем хорошо. Говорили, что муж ее ревнив, как арап, не из любви, а из самолюбия. Прежде всего это был европеец, человек современный, с образчиками новых идей и тщеславящийся своими идеями. С виду это был черноволосый, высокий и особенно плотный господин, с европейскими бакенбардами, с самодовольным румяным лицом, с белыми как сахар зубами и с безукоризненной джентльменской осанкой. Называли его умным человеком. Так в иных кружках называют одну особую породу растолстевшего на чужой счет человечества, которая ровно ничего не делает, которая ровно ничего не хочет делать и у которой, от вечной лености и ничегонеделания, вместо сердца кусок жира. От них же

91

поминутно слышишь, что им нечего делать вследствие каких—то очень запутанных, враждебных обстоятельств, которые "утомляют их гений", и что на них, поэтому, "грустно смотреть". Это уж у них такая принятая пышная фраза, их mot d'ordre, их пароль и лозунг, фраза, которую мои сытые толстяки расточают везде поминутно, что уже давно начинает надоедать, как отъявленное тартюфство и пустое слово. Впрочем, некоторые из этих забавников, никак не могущих найти, что им делать, — чего, впрочем, никогда и не искали они, — именно на то метят, чтоб все думали, что у них вместо сердца не жир, а, напротив, говоря вообще, что—то очень глубокое, но что именно — об этом не сказал бы ничего самый первейший хирург, конечно, из учтивости. Эти господа тем и пробиваются на свете, что устремляют все свои инстинкты на грубое зубоскальство, самое близорукое осуждение и безмерную гордость. Так как им нечего больше делать, как подмечать и затверживать чужие ошибки и слабости, и так как в них доброго чувства ровнешенько настолько, сколько дано его в удел устрице, то им и не трудно, при таких предохранительных средствах, прожить с людьми довольно осмотрительно. Этим они чрезмерно тщеславятся. Они, например, почти уверены, что у них чуть ли не весь мир на оброке; что он у них как устрица, которую они берут про запас; что все, кроме них, дураки; что всяк похож на апельсин или на губку, которую они нет—нет да и выжмут, пока сок надобится; что они всему хозяева и что весь этот похвальный порядок вещей происходит именно оттого, что они такие умные и характерные люди. В своей безмерной гордости они не допускают в себе недостатков. Они похожи на ту породу житейских плутов, прирожденных Тартюфов и Фальстафов, которые до того заплутовались, что наконец и сами уверились, что так и должно тому быть, то есть чтоб жить им да плутовать; до того часто уверяли всех, что они честные люди, что наконец и сами уверились, будто они действительно честные люди и что их плутовство—то и есть честное дело. Для совестного внутреннего суда, для благородной самооценки их никогда не хватит: для иных вещей они слишком толсты. На первом плане у них всегда и во всем их собственная золотая особа, их Молох и Ваал, их великолепное я?. Вся природа, весь мир для них не более как одно великолепное зеркало, которое и создано для того, чтоб мой божок беспрерывно в него на себя любовался и из—за себя никого и ничего не видел; после этого и немудрено, что всё на свете видит он в таком безобразном виде. На всё у него припасена готовая фраза, и, — что. однако ж, верх ловкости с их стороны, — самая модная фраза. Даже они—то и способствуют этой моде, голословно распространяя по всем перекресткам ту мысль, которой почуют успех. Именно у них есть чутье, чтоб пронюхать такую модную фразу и раньше других усвоить ее себе, так, что как будто она от них и пошла. Особенно же запасаются они своими фразами на изъявление своей глубочайшей симпатии к человечеству, на определение, что такое самая правильная и оправданная рассудком филантропия, и, наконец, чтоб безостановочно карать романтизм, то есть зачастую всё прекрасное и истинное, каждый атом которого дороже всей их слизняковой породы. Но грубо не узнают они истины в уклоненной, переходной и неготовой форме и отталкивают всё, что еще не поспело, не устоялось и бродит. Упитанный человек всю жизнь прожил навеселе, на всем готовом, сам ничего не сделал и не знает, как трудно всякое дело делается, а потому беда какой—нибудь шероховатостью задеть его жирные чувства: за это он никогда не простит, всегда припомнит и отомстит с наслаждением. Итог всему выйдет, что мой герой есть не более не менее как исполинский, донельзя раздутый мешок, полный сентенций, модных фраз и ярлыков всех родов и сортов.

Но, впрочем, m—r M * имел и особенность, был человек примечательный: это был остряк, говорун и рассказчик, и в гостиных кругом него всегда собирался кружок. В тот вечер особенно ему удалось произвесть впечатление. Он овладел разговором; он был в ударе, весел, чему—то рад и заставил—таки всех глядеть на себя. Но m—me M * всё время была как больная; лицо ее было такое грустное, что мне поминутно казалось, что вот—вот сейчас задрожат на ее длинных ресницах давешние слезы. Всё это, как я сказал, поразило и удивило меня чрезвычайно. Я ушел с чувством какого—то странного любопытства, и всю ночь снился мне m—r M *, тогда как до тех пор я редко видывал безобразные сны.

На другой день, рано поутру, позвали меня на репетицию живых картин, в которых и у меня была роль. Живые картины, театр и потом бал — всё в один вечер, назначались не далее как дней через пять, по случаю домашнего праздника — дня рождения младшей дочери нашего хозяина. На праздник этот, почти импровизированный, приглашены были из Москвы и из окрестных дач еще человек сто гостей, так что много было и возни, и хлопот, и суматохи. Репетиции или, лучше сказать, смотр костюмов назначены были не вовремя, поутру, потому что наш режиссер, известный художник Р *, приятель и гость нашего хозяина, по дружбе к нему согласившийся взять на себя сочинение и постановку картин, а вместе с тем и нашу выучку, спешил теперь в город для закупок по бутафорской части и для окончательных заготовлений к празднику, так что времени терять было некогда. Я участвовал в одной картине, вдвоем с m—me M *. Картина выражала сцену из средневековой жизни и называлась "Госпожа замка и ее паж".

Я почувствовал неизъяснимое смущение, сошедшись с m—me M * на репетиции. Мне так и казалось, что она тотчас же вычитает из глаз моих все думы, сомнения, догадки, зародившиеся со вчерашнего дня в голове моей. К тому же мне всё казалось, что я как будто бы виноват пред нею, застав вчера ее слезы и помешав ее горю, так что она поневоле должна будет коситься на меня, как на неприятного свидетеля и непрошеного участника ее тайны. Но, слава богу, дело обошлось без больших хлопот: меня просто не заметили. Ей, кажется, было вовсе не до меня и не до репетиции: она была рассеянна, грустна и мрачно—задумчива; видно было, что ее мучила какая—то большая забота. Покончив с моею ролью, я побежал переодеться и через десять минут вышел на террасу в сад. Почти в то же время из других дверей вышла и m—me M *, и, как раз нам напротив, появился самодовольный супруг ее, который возвращался из сада, только что проводив туда целую группу дам и там успев сдать их с рук на руки какому—то досужему cavalier servant.[4] Встреча мужа и жены, очевидно, была неожиданна. M—me M *, неизвестно почему—то, вдруг смутилась, и легкая досада промелькнула в ее нетерпеливом движении. Супруг, беспечно насвистывавший арию и во всю дорогу глубокомысленно охорашивавший свои бакенбарды, теперь, при встрече с женою, нахмурился и оглядел ее, как припоминаю теперь, решительно инквизиторским взглядом.

— Вы в сад? — спросил он, заметив омбрельку и книгу в руках жены.

— Нет, в рощу, — отвечала она, слегка покраснев.

— Одни?

— С ним... — проговорила m—me M *, указав на меня. — Я гуляю поутру одна, — прибавила она каким—то неровным, неопределенным голосом, точно таким, когда лгут первый раз в жизни.

— Гм... А я только что проводил туда целую компанию. Там все собираются у цветочной беседки провожать Н — го. Он едет, вы знаете... у него какая—то беда случилась там, в Одессе... Ваша кузина (он говорил о блондинке) и смеется, и чуть не

---

[4] услужливому кавалеру (франц.).

плачет, всё разом, не разберешь ее. Она мне, впрочем, сказала, что вы за что—то сердиты на Н — го и потому не пошли его провожать. Конечно вздор?

— Она смеется, — отвечала m—me M *, сходя со ступенек террасы.

— Так это ваш каждодневный cavalier servant? — прибавил m—r M *, скривив рот и наведя на меня свой лорнет.

— Паж! — закричал я, рассердившись за лорнет и насмешку, и, захохотав ему прямо в лицо, разом перепрыгнул три ступеньки террасы...

— Счастливый путь! — пробормотал m—r M * и пошел своею дорогой.

Конечно, я тотчас же подошел к m—me M *, как только она указала на меня мужу, и глядел так, как будто она меня уже целый час назад пригласила и как будто я уже целый месяц ходил с ней гулять по утрам. Но я никак не мог разобрать: зачем она так смутилась, сконфузилась и что такое было у ней на уме, когда она решилась прибегнуть к своей маленькой лжи? Зачем она просто не сказала, что идет одна? Теперь я не знал, как и глядеть на нее; но, пораженный удивлением, я, однако ж, пренаивно начал помаленьку заглядывать ей в лицо; но, так же как и час назад, на репетиции, она не примечала ни подглядываний, ни немых вопросов моих. Всё та же мучительная забота, но еще явственнее, еще глубже, чем тогда, отражалась в ее лице, в ее волнении, в походке. Она спешила куда—то, всё более и более ускоряя шаг, и с беспокойством заглядывала в каждую аллею, в каждую просеку рощи, оборачиваясь к стороне сада. И я тоже ожидал чего—то. Вдруг за нами раздался лошадиный топот. Это была целая кавалькада наездниц и всадников, провожавших того Н — го, который так внезапно покидал наше общество.

Между дамами была и моя блондинка, про которую говорил m—r M *, рассказывая о слезах ее. Но, по своему обыкновению, она хохотала как ребенок и резво скакала на прекрасном гнедом коне. Поравнявшись с нами, Н — й снял шляпу, но не остановился и не сказал с m—me M * ни слова. Скоро вся ватага исчезла из глаз. Я взглянул на m—me M * и чуть не вскрикнул от изумления: она стояла бледная как платок и крупные слезы пробивались из глаз ее. Случайно наши взгляды встретились: m—me M * вдруг покраснела, на миг отвернулась, и беспокойство и досада ясно замелькали на лице ее. Я был лишний, хуже, чем вчера, — это яснее дня, но куда мне деваться?

Вдруг m—me M *, как будто догадавшись, развернула

95

книгу, которая была у нее в руках, и, закрасневшись, очевидно стараясь не смотреть на меня, сказала, как будто сейчас только спохватилась:

— Ах! это вторая часть, я ошиблась; пожалуйста, принеси мне первую.

Как не понять! моя роль кончилась, и нельзя было прогнать меня по более прямой дороге.

Я убежал с ее книгой и не возвращался. Первая часть преспокойно пролежала на столе это утро...

Но я был сам не свой; у меня билось сердце, как будто в беспрерывном испуге. Всеми силами старался я как—нибудь не повстречать m—me M *. Зато я с каким—то диким любопытством глядел на самодовольную особу m—r M *. как будто в нем теперь непременно должно было быть что—то особенное. Решительно не понимаю, что было в этом комическом любопытстве моем; помню только, что я был в каком—то странном удивлении от всего, что привелось мне Увидеть в это утро. Но мой день только что начинался, и для меня он был обилен происшествиями.

Обедали на этот раз очень рано. К вечеру назначена была общая увеселительная поездка в соседнее село, на случившийся там деревенский праздник, и потому нужно было время, чтоб приготовиться. Я уж за три дня мечтал об этой поездке, ожидая бездну веселья. Пить кофе почти все собрались на террасе. Я осторожно пробрался за другими и спрятался за тройным рядом кресел. Меня влекло любопытство, и между тем я ни за что не хотел показаться на глаза m—me M *. Но случаю угодно было поместить меня недалеко от моей гонительницы—блондинки. На этот раз с ней приключилось чудо, невозможное дело: она вдвое похорошела. Уж не знаю, как и отчего это делается, но с женщинами такие чудеса бывают даже нередко. Меж нами в эту минуту был новый гость, высокий, бледнолицый молодой человек, записной поклонник нашей блондинки, только что приехавший к нам из Москвы, как будто нарочно затем, чтоб заменить собой отбывшего Н — го, про которого шла молва, что он отчаянно влюблен в нашу красавицу. Что ж касается приезжего, то он уж издавна был с нею в таких же точно отношениях, как Бенедикт к Беатриче в шекспировском "Много шума из пустяков". Короче, наша красавица в этот день была в чрезвычайном успехе. Ее шутки и болтовня были так грациозны, так доверчиво—наивны, так простительно—неосторожны; она с такою грациозною самонадеянностью была уверена во всеобщем восторге, что действительно всё время была в каком—то особенном

96

поклонении. Вокруг нее не разрывался тесный кружок удивленных залюбовавшихся на нее слушателей, и никогда еще не была она так обольстительна. Всякое слово ее было в соблазн и в диковинку, ловилось, передавалось вкруговую, и ни одна шутка ее, ни одна выходка не пропала даром. От нее, кажется, и не ожидал никто столько вкуса, блеска, ума. Все лучшие качества ее повседневно были погребены в самом своевольном сумасбродстве, в самом упрямом школьничестве, доходившем чуть ли не до шутовства; их редко кто замечал; а если замечал, так не верил им, так что теперь необыкновенный успех ее встречен был всеобщим страстным шепотом изумления.

Впрочем, этому успеху содействовало одно особенное, довольно щекотливое обстоятельство, по крайней мере судя по той роли, которую играл в то же время муж m—me M *. Проказница решилась — и нужно прибавить: почти ко всеобщему удовольствию или, по крайней мере, к удовольствию всей молодежи — ожесточенно атаковать его вследствие многих причин, вероятно, очень важных, на ее глаза. Она завела с ним целую перестрелку острот, насмешек, сарказмов, самых неотразимых и скользких, самых коварных, замкнутых и гладких со всех сторон, таких, которые бьют прямо в цель, но к которым ни с одной стороны нельзя прицепиться для отпора и которые только истощают в бесплодных усилиях жертву, доводя ее до бешенства и до самого комического отчаяния.

Наверно не знаю, но, кажется, вся эта выходка была преднамеренная, а не импровизированная. Еще за обедом начался этот отчаянный поединок. Я говорю "отчаянный", потому что m—r M * нескоро положил оружие. Ему нужно было собрать всё присутствие духа, всё остроумие, всю свою редкую находчивость, чтоб не быть разбитым в прах, наголову и не покрыться решительным бесславием. Дело шло при непрерывном и неудержимом смехе всех свидетелей и участников боя. По крайней мере сегодня непохоже было для него на вчера. Приметно было, что m—me M * несколько раз порывалась остановить своего неосторожного друга, которому в свою очередь непременно хотелось нарядить ревнивого мужа в самый шутовской и смешной костюм, и должно полагать, в костюм Синей бороды, судя по всем вероятностям, судя по тому, что у меня осталось в памяти, и, наконец, по той роли, которую мне самому привелось играть в этой сшибке.

Это случилось вдруг, самым смешным образом, совсем неожиданно, и, как нарочно, в эту минуту я стоял на виду, не подозревая зла и даже забыв о недавних моих предосторожностях. Вдруг я был выдвинут на первый план, как заклятый враг и естественный соперник m—r M *, как отчаянно, до последней степени влюбленный в жену его, в чем тиранка моя тут же поклялась, дала слово, сказала, что у ней есть доказательства и что не далее как, например, сегодня в лесу она видела...

Но она не успела договорить, я прервал ее в самую отчаянную для меня минуту. Эта минута была так безбожно рассчитана, так изменнически подготовлена к самому концу, к шутовской развязке, и так уморительно смешно обстановлена, что целый взрыв ничем неудержимого, всеобщего смеха отсалютовал эту последнюю выходку. И хотя тогда же я догадался, что не на мою долю выпадала самая досадная роль, — однако ж был до того смущен, раздражен и испуган, что, полный слез, тоски и отчаяния, задыхаясь от стыда, прорвался чрез два ряда кресел, ступил вперед и, обращаясь к моей тиранке, закричал прерывающимся от слез и негодования голосом:

— И не стыдно вам... вслух... при всех дамах... говорить такую худую... неправду?!.. вам, точно маленькой... при всех мужчинах... Что они скажут?.. вы — такая большая... замужняя!..

Но я не докончил, — раздался оглушительный аплодисмент. Моя выходка произвела настоящий furore. Мой наивный жест, мои слезы, а главное, то, что я как будто выступил защищать m—r M *, — всё это произвело такой адский смех, что даже и теперь, при одном воспоминании, мне самому становится ужасно смешно... Я оторопел, почти обезумел от ужаса и, сгорев как порох, закрыв лицо руками, бросился вон, выбил в дверях поднос из рук входившего лакея и полетел наверх, в свою комнату. Я вырвал из дверей ключ, торчавший наружу, и заперся изнутри. Сделал я хорошо, потому что за мною была погоня. Не прошло минуты, как мои двери осадила целая ватага самых хорошеньких из всех наших дам. Я слышал их звонкий смех, частый говор, их заливавшиеся голоса; они щебетали все разом, как ласточки. Все они, все до одной, просили, умоляли меня отворить хоть на одну минуту; клялись, что не будет мне ни малейшего зла, а только зацелуют они меня всего в прах. Но... что ж могло быть ужаснее еще этой новой угрозы? Я только горел от стыда за моею дверью, спрятав в подушки лицо, и не отпер, даже не отозвался. Они еще долго стучались и молили меня, но я был бесчувствен и глух, как одиннадцатилетний.

Ну, что ж теперь делать? всё открыто, всё обнаружилось, всё, что я так ревниво сберегал и таил... На меня падет вечный стыд и позор!.. По правде, я и сам не умел назвать того, за что так страшился и что хотел бы я скрыть; но ведь, однако ж, я страшился чего—то, за обнаружение этого чего—то я трепетал до сих пор как листочек. Одного только я не знал до этой минуты, что оно такое: годится оно или не годится, славно или позорно, похвально или не похвально? Теперь же, в мучениях и насильной тоске, узнал, что оно смешно и стыдно! Инстинктом чувствовал я в то же время, что такой приговор и ложен, и бесчеловечен, и груб; но я был разбит, уничтожен; процесс сознания как бы остановился и запутался во мне; я не мог ни противостать этому приговору, ни даже обсудить его хорошенько: я был отуманен; слышал только, что мое сердце бесчеловечно, бесстыдно уязвлено, и заливался бессильными слезами. Я был раздражен; во мне кипели негодование и ненависть, которой я доселе не знал никогда, потому что только в первый раз в жизни испытал серьезное горе, оскорбление, обиду; и всё это было действительно так, без всяких преувеличений. Во мне. в ребенке, было грубо затронуто первое, неопытное еще, необразовавшееся чувство, был так рано обнажен и поруган первый, благоуханный, девственный стыд и осмеяно первое и, может быть, очень серьезное эстетическое впечатление. Конечно, насмешники мои многого не знали и не предчувствовали в моих мучениях. Наполовину входило сюда одно сокровенное обстоятельство, которого сам я и не успел и как—то пугался до сих пор разбирать. В тоске и в отчаянии продолжал я лежать на своей постели, укрыв в подушки лицо; и жар и дрожь обливали меня попеременно. Меня мучили два вопроса: что такое видела и что именно могла увидать негодная блондинка сегодня в роще между мною и m—me M *? И, наконец, второй вопрос: как, какими глазами, каким средством могу я взглянуть теперь в лицо m—me M * и не погибнуть в ту же минуту, на том же месте от стыда и отчаяния.

Необыкновенный шум на дворе вызвал наконец меня из полубеспамятства, в котором я находился. Я встал и подошел к окну. Весь двор был загроможден экипажами, верховыми лошадьми и суетившимися слугами. Казалось, все уезжали; несколько всадников уже сидели на конях; другие гости размещались по экипажам... Тут вспомнил я о предстоявшей поездке, и вот, мало—помалу, беспокойство начало проникать в мое сердце; я пристально начал выглядывать на дворе своего клеппера; но клеппера не было — стало быть, обо мне позабыли. Я не выдержал и опрометью побежал тип. уж не думая ни о неприятных встречах, ни о недавнем позоре своем...

Грозная новость ожидала меня. Для меня на этот раз не было ни верховой лошади, ни места в экипаже: всё было разобрано, занято, и я принужден уступить другим.

Пораженный новым горем, остановился я на крыльце И печально смотрел на длинный ряд карет, кабриолетов, колясок, в которых не было для меня и самого маленького уголка, и на нарядных наездниц, под которыми гарцевали нетерпеливые кони.

Один из всадников почему—то замешкался. Ждали Только его, чтоб отправиться. У подъезда стоял конь его, грызя удила, роя копытами землю, поминутно вздрагивая и дыбясь от испуга. Два конюха осторожно держали его под уздцы, и все опасливо стояли от него в почтительном отдалении.

В самом деле, случилось предосадное обстоятельство, по которому мне нельзя было ехать. Кроме того что наехали новые гости и разобрали все места и всех лошадей, заболели две верховые лошади, из которых одна была мой клеппер. Но не мне одному пришлось пострадать от этого обстоятельства: открылось, что для нового нашего гостя, того бледнолицего молодого человека, о котором я уже говорил, тоже нет верхового коня. Чтоб отвратить неприятность, хозяин наш принужден был прибегнуть к крайности: рекомендовать своего бешеного, невыезженного жеребца, прибавив, для очистки совести, что на нем никак нельзя ездить и что его давно уж положили продать за дикость характера, если, впрочем, найдется на него покупщик. Но предупрежденный гость объявил, что ездит порядочно, да и во всяком случае готов сесть на что угодно, только бы ехать. Хозяин тогда промолчал, но теперь показалось мне, что какая—то двусмысленная и лукавая улыбка бродила на губах его. В ожидании наездника, похвалившегося своим искусством, он сам еще не садился на свою лошадь, с нетерпением потирал руки и поминутно взглядывал на дверь. Даже что—то подобное сообщилось и двум конюхам, удерживавшим жеребца и чуть не задыхавшимся от гордости, видя себя пред всей публикой при таком коне, который нет—нет да и убьет человека ни за что ни про что. Что—то похожее на лукавую усмешку их барина отсвечивалось и в их глазах, выпученных от ожидания и тоже устремленных на дверь, из которой должен был появиться приезжий смельчак. Наконец, и сам конь держал себя так, как будто тоже сговорился с хозяином и вожатыми: он вел себя гордо и заносчиво, словно чувствуя, что его наблюдают

100

несколько десятков любопытных глаз, и словно гордясь пред всеми зазорной своей репутацией, точь—в—точь как иной неисправимый повеса гордится своими висельными проделками. Казалось, он вызывал смельчака, который бы решился посягнуть на его независимость.

Этот смельчак наконец показался. Совестясь, что заставил ждать себя, и торопливо натягивая перчатки, он шел вперед не глядя, спустился по ступенькам крыльца и поднял глаза только тогда, когда протянул было руку, чтоб схватить за холку заждавшегося коня, но вдруг был озадачен бешеным вскоком его на дыбы и предупредительным криком всей испуганной публики. Молодой человек отступил и с недоумением посмотрел на дикую лошадь, которая вся дрожала как лист, храпела от злости и дико поводила налившимися кровью глазами, поминутно оседая на задние ноги и приподымая передние, словно собираясь рвануться на воздух и унести вместе с собою обоих вожатых своих. С минуту он стоял совсем озадаченный; потом, слегка покраснев от маленького замешательства, поднял глаза, обвел их кругом и поглядел на перепугавшихся дам.

— Конь очень хороший! — проговорил он как бы про себя, — и, судя по всему, на нем, должно быть, очень приятно ездить, но... но, знаете что? Ведь я—то не поеду, — заключил он, обращаясь к нашему хозяину с своей широкой, простодушной улыбкой, которая так шла к доброму и умному лицу его.

— И все—таки я вас считаю превосходным ездоком, клянусь вам, — отвечал обрадованный владетель недоступного коня, горячо и даже с благодарностью пожимая руку своего гостя, — именно за то, что вы с первого раза догадались, с каким зверем имеете дело, — прибавил он с достоинством. — Поверите ли мне, я, двадцать три года прослуживший в гусарах, уже три раза имел наслаждение лежать на земле по его милости, то есть ровно столько раз, сколько садился на этого... дармоеда. Танкред, друг мой, здесь не по тебе народ; видно, твой седок какой—нибудь Илья Муромец и сидит теперь сиднем в селе Карачарове да ждет, чтоб у тебя выпали зубы. Ну, уведите его! Полно ему людей пугать! Напрасно только выводили, — заключил он, самодовольно потирая руки.

Нужно заметить, что Танкред не приносил ему ни малейшей пользы, только даром хлеб ел; кроме того, старый гусар погубил на нем всю свою бывалую ремонтерскую славу, заплатив баснословную цену за негодного дармоеда, который выезжал разве только на своей красоте... Все—таки теперь был он в восторге, что его Танкред не уронил своего достоинства, спешил еще одного наезднике и тем стяжал себе новые, бестолковые лавры.

— Как, вы не едете? — закричала блондинка, которой непременно нужно было, чтоб ее cavalier servant на этот раз был при ней. — Неужели вы трусите?

— Ей—богу же так! — отвечал молодой человек.

— И вы говорите серьезно?

— Послушайте, неужели ж вам хочется, чтоб я сломал себе шею?

— Так садитесь же скорей на мою лошадь: не бойтесь, она пресмирная. Мы не задержим; вмиг переседлают! Я попробую взять вашу; не может быть, чтоб Танкред всегда был такой неучтивый.

Сказано — сделано! Шалунья выпрыгнула из седла и договорила последнюю фразу, уже остановясь перед нами.

— Плохо ж вы знаете Танкреда, коли думаете, что он позволит оседлать себя вашим негодным седлом! Да и вас я не пущу сломать себе шею; это, право, было бы жалко! — проговорил наш хозяин, аффектируя, в эту минуту внутреннего довольства, по своей всегдашней привычке, и без того уже аффектированную и изученную резкость и даже грубость своей речи, что, по его мнению, рекомендовало добряка, старого служаку и особенно должно было нравиться дамам. Это была одна из его фантазий, его любимый, всем нам знакомый конек.

— Ну—тка ты, плакса, не хочешь ли попробовать? тебе же так хотелось ехать, — сказала храбрая наездница, заметив меня, и, поддразнивая, кивнула на Танкреда — собственно для того, чтоб не уходить ни с чем, коли уж даром пришлось встать с коня, и не оставить меня без колючего словца, коли уж я сам оплошал, на глаза подвернулся.

— Ты, верно, не таков, как... ну, да что говорить, известный герой и постыдишься струсить; особенно когда на вас будут смотреть, прекрасный паж, — прибавила она, бегло взглянув на m—me M *, экипаж которой был ближе всех от крыльца.

Ненависть и чувство мщения заливали мое сердце, когда прекрасная амазонка подошла к нам в намерении сесть на Танкреда... Но не могу рассказать, что ощутил я при этом неожиданном вызове школьницы. Я как будто света невзвидел, когда поймал ее взгляд на m—me M *. Вмиг в голове у меня загорелась идея... да, впрочем, это был только миг, менее чем миг, как вспышка пороха, или уж переполнилась мера, и я вдруг теперь возмутился всем воскресшим духом моим, да так, что мне вдруг захотелось срезать наповал всех врагов моих и отмстить им за всё и при всех, показав теперь, каков я человек;

102

или, наконец, каким—нибудь дивом научил меня кто—нибудь в это мгновение средней истории, в которой я до сих пор еще не знал ни аза, и в закружившейся голове моей замелькали турниры, паладины, герои, прекрасные дамы, слава и победители, послышались трубы герольдов, звуки шпаг, крики и плески толпы, и между всеми этими криками один робкий крик одного испуганного сердца, который нежит гордую душу слаще победы и славы, — уж не знаю, случился ли тогда весь этот вздор в голове моей или, толковее, предчувствие этого еще грядущего и неизбежного вздора, но только я услышал, что бьет мой час. Сердце мое вспрыгнуло, дрогнуло, и сам уж не помню, как в один прыжок соскочил я с крыльца и очутился подле Танкреда.

— А вы думаете, что я испугаюсь? — вскрикнул я дерзко и гордо, невзвидев света от своей горячки, задыхаясь от волнения и закрасневшись так, что слезы обожгли мне щеки. — А вот увидите! — И, схватившись за холку Танкреда, я стал ногой в стремя, прежде чем успели сделать малейшее движение, чтоб удержать меня; но в этот миг Танкред взвился на дыбы, взметнул головой, одним могучим скачком вырвался из рук остолбеневших конюхов и полетел как вихрь, только все ахнули да вскрикнули.

Уж бог знает, как удалось мне занесть другую ногу на всем лету; не постигаю также, каким образом случилось, что я не потерял поводов. Танкред вынес меня за решетчатые ворота, круто повернул направо и пустился мимо решетки зря, не разбирая дороги. Только в это мгновение расслышал я за собою крик пятидесяти голосов, и этот крик отдался в моем замиравшем сердце таким чувством довольства и гордости, что я никогда не забуду этой сумасшедшей минуты моей детской жизни. Вся кровь мне хлынула в голову, оглушила меня и залила, задавила мой страх. Я себя не помнил. Действительно, как пришлось теперь вспомнить, во всем этом было как будто и впрямь что—то рыцарское.

Впрочем, всё мое рыцарство началось и кончилось менее чем в миг, не то рыцарю было бы худо. Да и тут я не знаю, как спасся. Ездить—то верхом я умел: меня учили. Но мой клеппер походил скорее на овцу, чем на верхового коня. Разумеется, я бы слетел с Танкреда, если б ему было только время сбросить меня; но, проскакав шагов пятьдесят, он вдруг испугался огромного камня, который лежал у дороги, и шарахнулся назад. Он повернулся на лету, но так круто, как говорится, очертя голову, что мне и теперь задача: каким образом я не выпрыгнул из седла, как мячик, сажени на три, и не разбился вдребезги, а Танкред от такого крутого поворота не сплечил себе ног. Он бросился назад к воротам, яростно мотая головой, прядая из стороны в сторону, будто охмелевший от бешенства, взметывая ноги как попало на воздух и с каждым прыжком стрясая меня со спины, точно как будто на него вспрыгнул тигр и впился в его мясо зубами и когтями. Еще мгновение — и я бы слетел; я уже падал; но уже несколько всадников летело спасать меня. Двое из них перехватили дорогу в поле; двое других подскакали так близко, что чуть не раздавили мне ног, стиснув с обеих сторон Танкреда боками своих лошадей, и Оба уже держали его за поводья. Через несколько секунд мы были у крыльца.

Меня сияли с коня, бледного, чуть дышавшего. Я весь дрожал, как былинка под ветром, так же как и Танкред, который стоял, упираясь всем телом назад, неподвижно, как будто врывшись копытами в землю, тяжело выпуская пламенное дыхание из красных, дымящихся ноздрей, весь дрожа как лист мелкой дрожью и словно остолбенев от оскорбления и злости за ненаказанную дерзость ребенка. Кругом меня раздавались крики смятения, удивления, испуга.

В эту минуту блуждавший взгляд мой встретился со взглядом m—me M *, встревоженной, побледневшей, и — я не могу забыть этого мгновения — вмиг всё лицо мое облилось румянцем, зарделось, загорелось как огонь; я уж не знаю, что со мной сделалось, но, смущенный и испуганный собственным своим ощущением, я робко опустил глаза в землю. Но мой взгляд был замечен, пойман, украден у меня. Все глаза обратились к m—me M *, и, застигнутая всеобщим вниманием врасплох, она вдруг сама, как дитя, закраснелась от какого—то противовольного и наивного чувства и через силу, хотя весьма неудачно, старалась подавить свою краску смехом...

Всё это, если взглянуть со стороны, конечно, было очень смешно; но в это мгновение одна пренаивная и нежданная выходка спасла меня от всеобщего смеха, придав особый колорит всему приключению. Виновница всей суматохи, та, которая до сих пор была непримиримым врагом моим, прекрасная тиранка моя, вдруг бросилась ко мне обнимать и целовать меня. Она смотрела, не веря глазам своим, когда я осмелился принять ее вызов и поднять перчатку, которую она бросила мне, взглянув на m—me M *. Она чуть не умерла за меня от страха и укоров совести, когда я летал на Танкреде; теперь же, когда всё было кончено и особенно когда она поймала, вместе с другими, мой взгляд, брошенный на m—me M *, мое смущение, мою внезапную краску, когда, наконец, удалось ей придать этому мгновению, по романтическому настроению своей легкодумной головки, какую—то новую, потаенную, недосказанную мысль, — теперь, после всего этого, она пришла в такой восторг от моего "рыцарства", что бросилась ко мне и прижала меня к груди своей, растроганная, гордая за меня, радостная. Через минуту она подняла на всех толпившихся около нас обоих самое наивное, самое строгое личико, на котором дрожали и светились две маленькие хрустальные слезинки, и серьезным, важным голоском, какого от нее никогда не слыхали, сказала, указав на меня: "Mais c'est très sérieux, messieurs, ne riez pas"![5] — не замечая того, что все стоят перед нею как завороженные, залюбовавшись на ее светлый восторг. Всё это неожиданное, быстрое движение ее, это серьезное личико, эта простодушная наивность, эти не подозреваемые до сих пор сердечные слезы, накипевшие в ее вечно смеющихся глазках, были в ней таким неожиданным дивом, что все стояли перед нею как будто наэлектризованные ее взглядом, скорым, огневым словом и жестом. Казалось, никто не мог свести с нее глаз, боясь опустить эту редкую минуту в ее вдохновенном лице. Даже сам хозяин наш покраснел как тюльпан, и уверяют, будто бы слышали, как он потом признавался, что, "к стыду своему", чуть ли не целую минуту был влюблен в свою прекрасную гостью. Ну, уж разумеется, что после всего этого я был рыцарь, герой.

— Делорж! Тогенбург! — раздавалось кругом.

Послышались рукоплескания.

— Ай да грядущее поколение! — прибавил хозяин. — Но он поедет, он непременно поедет с нами! — закричала красавица. — Мы найдем и должны найти ему место. Он сядет рядом со мною, ко мне на колени... иль нет, нет! я ошиблась!.. — поправилась она, захохотав и будучи не в силах удержать своего смеха при воспоминании о нашем первом знакомстве. Но, хохоча, она нежно гладила мою руку, всеми силами стараясь меня заласкать, чтоб я не обиделся.

— Непременно! непременно! — подхватили несколько голосов. — Он должен ехать, он завоевал себе место.

И мигом разрешилось дело. Та самая старая дева, которая познакомила меня с блондинкой, тотчас же была засыпана просьбами всей молодежи остаться дома и уступить мне свое место, на что и принуждена была согласиться, к своей величайшей досаде, улыбаясь и втихомолку шипя от злости. Ее протектриса, около которой витала она, мой бывший враг и

---

[5] Но это очень серьезно, господа, не смейтесь! (франц.).

недавний друг, кричала ей, уже Галопируя на своем резвом коне и хохоча, как ребенок, что завидует ей и сама бы рада была с ней остаться, потому что сейчас будет дождь и нас всех перемочит.

И она точно напророчила дождь. Через час поднялся целый ливень, и прогулка наша пропала. Пришлось переждать несколько часов сряду в деревенских избах и возвращаться домой уже в десятом часу, в сырое, последождевое время. У меня началась маленькая лихорадка. В ту самую минуту, как надо было садиться и ехать, m—me M * подошла ко мне и удивилась, что я в одной курточке и с открытой шеей. Я отвечал, что не успел захватить с собою плаща. Она взяла булавку и, зашпилив повыше сборчатый воротничок моей рубашки, сняла с своей шеи газовый пунцовый платочек и обвязала мне шею, чтоб я не простудил горла. Она так торопилась, что я даже не успел поблагодарить ее.

Но когда приехали домой, я отыскал ее в маленькой гостиной, вместе с блондинкой и с бледнолицым молодым человеком, который стяжал сегодня славу наездника тем, что побоялся сесть на Танкреда. Я подошел благодарить и отдать платок. Но теперь, после всех моих приключений, мне было как будто чего—то совестно; мне скорее хотелось уйти наверх и там, на досуге, что—то обдумать и рассудить. Я был переполнен впечатлениями. Отдавая платок, я, как водится, покраснел до ушей.

— Бьюсь об заклад, что ему хотелось удержать платок у себя, — сказал молодой человек засмеявшись, — по глазам видно, что ему жаль расстаться с вашим платком.

— Именно, именно так! — подхватила блондинка. — Экой! ах!.. — проговорила она, с приметной досадой и покачав головой, но остановилась вовремя перед серьезным взглядом m—me M *, которой не хотелось заводить далеко шутки.

Я поскорее отошел.

— Ну, какой же ты! — заговорила школьница, нагнав меня в другой комнате и дружески взяв за обе руки. — Да ты бы просто не отдавал косынки, если тебе так хотелось иметь ее. Сказал был, что где—нибудь положил, и дело с концом. Какой же ты! этого не умел сделать! Экой смешной!

И тут она слегка ударила меня пальцем по подбородку, засмеявшись тому, что я покраснел как мак:

— Ведь я твой друг теперь, — так ли? Кончена ли наша вражда, а? да или нет?

Я засмеялся и молча пожал ее пальчики.

106

— Ну, то—то же!.. Отчего ты так теперь бледен и дрожишь? У тебя озноб?

— Да, я нездоров.

— Ах, бедняжка! это у него от сильных впечатлений! Знаешь что? иди—ка лучше спать, не дожидаясь ужина, И за ночь пройдет. Пойдем.

Она отвела меня наверх, и казалось, уходам за мною не будет конца. Оставив меня раздеваться, она сбежала вниз, достала мне чаю и принесла его сама, когда уже я улегся. Она принесла мне тоже теплое одеяло. Меня очень поразили и растрогали все эти уходы и заботы обо мне, или уж я был так настроен целым днем, поездкой, лихорадкой; но, прощаясь с нею, я крепко и горячо ее обнял, как самого нежного, как самого близкого друга, и уж тут все впечатления разом прихлынули к моему ослабевшему сердцу; я чуть не плакал, прижавшись к груди ее. Она заметила мою впечатлительность, и, кажется, моя шалунья сама была немного тронута...

— Ты предобрый мальчик, — прошептала она, смотря на меня тихими глазками, — пожалуйста же, не сердись на меня, а? не будешь?

Словом, мы стали самыми нежными, самыми верными друзьями.

Было довольно рано, когда я проснулся, но солнце заливало уже ярким светом всю комнату. Я вскочил с постели, совершенно здоровый и бодрый, как будто и не бывало вчерашней лихорадки, вместо которой теперь ощущал я в себе неизъяснимую радость. Я вспомнил вчерашнее и почувствовал, что отдал бы целое счастье, если б мог в эту минуту обняться, как вчера, с моим новым другом, с белокурой нашей красавицей; но еще было очень рано и все спали. Наскоро одевшись, сошел я в сад, а оттуда в рощу. Я пробирался туда, где гуще зелень, где смолистее запах деревьев и куда веселее заглядывал солнечный луч, радуясь, что удалось там и сям пронизать мглистую густоту листьев. Было прекрасное утро.

Незаметно пробираясь всё далее и далее, я вышел наконец на другой край рощи, к Москве—реке. Она текла шагов двести впереди, под горою. На противоположном берегу косили сено. Я засмотрелся, как целые ряды острых кос, с каждым взмахом косца, дружно обливались светом и потом вдруг опять исчезали, как огненные змейки, словно куда прятались; как срезанная с корня трава густыми, жирными грудками отлетала в стороны и укладывалась в прямые, длинные борозды. Уж не помню, сколько времени провел я в созерцании, как вдруг очнулся, расслышав в роще, шагах от меня в двадцати, в просеке, которая пролегала от большой дороги к господскому дому, храп я нетерпеливый топот коня, рывшего копытом землю. Не знаю, заслышал ли я этого коня тотчас же, как подъехал и остановился всадник, или уж долго мне слышался шум, но только напрасно щекотал мне ухо, бессильный оторвать меня от моих мечтаний. С любопытством вошел я в рощу и, пройдя несколько шагов, услышал голоса, говорившие скоро, но тихо. Я подошел еще ближе, бережно раздвинул последние ветви последних кустов, окаймлявших просеку, и тотчас же отпрянул назад в изумлении: в глазах моих мелькнуло белое знакомое платье и тихий женский голос отдался в моем сердце как музыка. Это была m—me M *. Она стояла возле всадника, который торопливо говорил ей с лошади, и, к моему удивлению, я узнал в нем H — го, того молодого человека, который уехал от нас еще вчера поутру и о котором так хлопотал m—r M *. Но тогда говорили, что он уезжает куда—то очень далеко, на юг России, а потому я очень удивился, увидев его опять у нас так рано и одного с m—me M *.

Она была одушевлена и взволнована, как никогда еще я не видал ее, и на щеках ее светились слезы. Молодой человек держал ее за руку, которую целовал, нагибаясь с седла. Я застал уже минуту прощанья. Кажется, они торопились. Наконец он вынул из кармана запечатанный пакет, отдал его m—me M *, обнял ее одною рукою, как и прежде, не сходя с лошади, и поцеловал крепко и долго. Мгновение спустя он ударил коня и промчался мимо меня как стрела. M—me M * несколько секунд провожала его глазами, потом задумчиво и уныло направилась к дому. Но, сделав несколько шагов по просеке, вдруг как будто очнулась, торопливо раздвинула кусты и пошла через рощу.

Я пошел вслед за нею, смятенный и удивленный всем тем, что увидел. Сердце мое билось крепко, как от испуга. Я был как оцепенелый, как отуманенный; мысли мои были разбиты и рассеяны; но помню, что было мне отчего—то то ужасно грустно. Изредка мелькало передо мною сквозь зелень ее белое платье. Машинально следовал я за нею, не упуская ее из вида, но трепеща, чтоб она меня не заметила. Наконец она вышла на дорожку, которая вела в сад. Переждав с полминуты, вышел и я; но каково же было мое изумление, когда вдруг заметил я на красном песке дорожки запечатанный пакет, который узнал с первого взгляда, — тот самый, который десять минут назад был вручен m—me M *.

Я поднял его: со всех сторон белая бумага, никакой подписи; на взгляд — небольшой, но тугой и тяжелый, как будто в нем было листа три и более почтовой бумаги.

Что значит этот пакет? Без сомнения, им объяснилась бы вся эта тайна. Может быть, в нем досказано было то, чего не надеялся высказать Н — ой за короткостью торопливого свидания. Он даже не сходил с лошади... Торопился ли он, или, может быть, боялся изменить себе в час прощания, — бог знает...

Я остановился, не выходя на дорожку, бросил на нее пакет на самое видное место и не спускал с него глаз, полагая, что m—me M * заметит потерю, воротится, будет искать. Но, прождав минуты четыре, я не выдержал, поднял опять свою находку, положил в карман и пустился догонять m—me M *. Я настиг ее уже в саду, в большой аллее; она шла прямо домой, скорой и торопливой походкой, но задумавшись и потупив глаза в землю. Я не знал. что делать. Подойти, отдать? Это значило сказать, что я знаю всё, видел всё. Я изменил бы себе с первого слова. И как я буду смотреть на нее? Как она будет смотреть на меня?.. Я всё ожидал, что она опомнится, хватится потерянного, воротится по следам своим. Тогда бы я мог, незамеченный, бросить пакет на дорогу, и она бы нашла его. Но нет! Мы уже подходили к дому; ее уже заметили...

В это утро, как нарочно, почти все поднялись очень рано, потому что еще вчера, вследствие неудавшейся поездки, задумали новую, о которой я и не знал. Все готовились к отъезду и завтракали на террасе. Я переждал минут десять, чтоб не видели меня с m—me M *. и, обойдя сад, вышел к дому с другой стороны, гораздо после нее. Она ходила взад и вперед по террасе, бледная и встревоженная, скрестив на груди руки и, по всему было видно, крепясь и усиливаясь подавить в себе мучительную, отчаянную тоску, которая так и вычитывалась в ее глазах, в ее ходьбе, во всяком движении ее. Иногда сходила она со ступенек и проходила несколько шагов между клумбами по направлению к саду; глаза ее нетерпеливо, жадно, даже неосторожно искали чего—то на песке дорожек и на полу террасы. Не было сомнения: она хватилась потери и, кажется, думает, что обронила пакет где—нибудь здесь, около дома, — да, это так, и она в этом уверена!

Кто—то, а затем и другие заметили, что она бледна и встревожена. Посыпались вопросы о здоровье, досадные сетования; она должна была отшучиваться, смеяться, казаться веселою. Изредка взглядывала она на мужа, который стоял в конце террасы, разговаривая с двумя дамами, и та же дрожь, то же смущение, как и тогда, в первый вечер приезда его, охватывали бедную. Засунув руку в карман и крепко держа в ней пакет, я стоял поодаль от всех, моля судьбу, чтоб m—me M * меня заметила. Мне хотелось ободрить, успокоить ее, хоть бы только взглядом; сказать ей что—нибудь мельком, украдкой. Но когда она случайно взглянула на меня, я вздрогнул и потупил глаза.

Я видел ее мучения и не ошибся. Я до сих пор не знаю этой тайны, ничего не знаю, кроме того, что сам видел и что сейчас рассказал. Эта связь, может быть, не такова, как о ней предположить можно с первого взгляда. Может быть, этот поцелуй был прощальный, может быть, он был последнею, слабой наградой за жертву, которая была принесена ее спокойствию и чести. Н — ой уезжал; он оставлял ее, может быть, навсегда. Наконец, даже письмо это, которое я держал в руках, — кто знает, что оно заключало? Как судить и кому осуждать? А между тем, в этом нет сомнения, внезапное обнаружение тайны было бы ужасом, громовым ударом в ее жизни. Я еще помню лицо ее в ту минуту: нельзя было больше страдать. Чувствовать, знать, быть уверенной, ждать, как казни, что через четверть часа, через минуту могло быть обнаружено всё; пакет кем—нибудь найден, поднят; он без надписи, его могут вскрыть, а тогда... что тогда? Какая казнь ужаснее той, которая ее ожидает? Она ходила между будущих судей своих. Через минуту их улыбавшиеся, льстивые лица будут грозны и неумолимы. Она прочтет насмешку, злость и ледяное презрение на этих лицах, а потом настанет вечная, безрассветная ночь в ее жизни... Да, я тогда не понимал всего этого так, как теперь об этом думаю. Мог я только подозревать и предчувствовать да болеть сердцем за ее опасность, которую даже не совсем сознавал. Но, что бы ни заключалось в ее тайне, — теми скорбными минутами, которых я был свидетелем и которых никогда не забуду, было искуплено многое, если только нужно было что—нибудь искупить.

Но вот раздался веселый призыв к отъезду; все радостно засуетились; со всех сторон раздался резвый говор и смех. Через две минуты терраса опустела. M—me M * отказалась от поездки, сознавшись наконец, что она нездорова. Но, слава богу, все отправились, все торопились, и докучать сетованиями, расспросами и советами было некогда. Немногие оставались дома. Муж сказал ей несколько слов; она отвечала, что сегодня же будет здорова, чтоб он не беспокоился, что ложиться ей не для чего, что она пойдет в сад, одна... со мною... Тут она взглянула на меня. Ничего не могло быть счастливее! Я покраснел от радости; через минуту мы были в дороге.

Она пошла по тем самым аллеям, дорожкам и тропинкам, по которым недавно возвращалась из рощи, инстинктивно

110

припоминая свой прежний путь, неподвижно смотря перед собою, не отрывая глаз от земли, ища на ней, не отвечая мне, может быть забыв, что я иду вместе с нею.

Но когда мы дошли почти до того места, где я поднял письмо и где кончалась дорожка, m—me М * вдруг остановилась и слабым, замиравшим от тоски голосом сказала, что ей хуже, что она пойдет домой. Но, дойдя до решетки сада, она остановилась опять, подумала с минуту; улыбка отчаяния показалась на губах ее, и, вся обессиленная, измученная, решившись на всё, покорившись всему, она молча воротилась на первый путь в этот раз позабыв даже предупредить меня...

Я разрывался от тоски и не знал, что делать.

Мы пошли или, лучше сказать, я привел ее к тому месту, с которого услышал, час назад, топот коня и их разговор. Тут, вблизи густого вяза, была скамья, иссеченная в огромном цельном камне, вокруг которого обвивался плющ и росли полевой жасмин и шиповник. (Вся эта рощица была усеяна мостиками, беседками, гротами и тому подобными сюрпризами.) М—me М * села на скамейку, бессознательно взглянув на дивный пейзаж, расстилавшийся перед нами. Через минуту она развернула книгу и неподвижно приковалась к ней, не перелистывая страниц, не читая, почти не сознавая, что делает. Было уже половина десятого. Солнце взошло высоко и пышно плыло над нами по синему, глубокому небу, казалось, расплавляясь в собственном огне своем. Косари ушли уже далеко: их едва было видно с нашего берега. За ними неотвязчиво ползли бесконечные борозды скошенной травы, и изредка чуть шевелившийся ветерок веял на нас ее благовонной испариной. Кругом стоял неумолкаемый концерт тех, которые "не жнут и не сеют", а своевольны, как воздух, рассекаемый их резвыми крыльями. Казалось, что в это мгновение каждый цветок, последняя былинка, курясь жертвенным ароматом, говорила создавшему ее: "Отец! я блаженна и счастлива!.."

Я взглянул на бедную женщину, которая одна была как мертвец среди всей этой радостной жизни: на ресницах ее неподвижно остановились две крупные слезы, вытравленные острою болью из сердца. В моей власти было оживить и осчастливить это бедное, замиравшее сердце, и я только не знал, как приступить к тому, как сделать первый шаг. Я мучился. Сто раз порывался я подойти к ней, и каждый раз какое—то невозбранное чувство приковывало меня на месте, и каждый раз как огонь горело лицо мое.

111

Вдруг одна светлая мысль озарила меня. Средство было найдено; я воскрес.

— Хотите, я вам букет нарву! — сказал я таким радостным голосом, что m—me M * вдруг подняла голову и пристально посмотрела на меня.

— Принеси, — проговорила она наконец слабым голосом, чуть—чуть улыбнувшись и тотчас же опять опустив глаза в книгу.

— А то и здесь, пожалуй, скосят траву и не будет цветов! — закричал я, весело пускаясь в поход.

Скоро я набрал мой букет, простой, бедный. Его бы стыдно было внести в комнату; но как весело билось мое сердце, когда я собирал и вязал его! Шиповнику и полевого жасмина взял я еще на месте. Я знал, что недалеко есть нива с дозревавшею рожью. Туда я сбегал за васильками. Я перемешал их с длинными колосьями ржи, выбрав самые золотые и тучные. Тут же, недалеко, попалось мне целое гнездо незабудок, и букет мой уже начинал наполняться. Далее, в поле, нашлись синие колокольчики и полевая гвоздика, а за водяными, желтыми лилиями сбегал я на самое прибрежье реки. Наконец, уже возвращаясь на место и зайдя на миг в рощу, чтоб промыслить несколько ярко—зеленых лапчатых листьев клена и обернуть ими букет, я случайно набрел на целое семейство анютиных глазок, вблизи которых, на мое счастье, ароматный фиалковый запах обличал в сочной, густой траве притаившийся цветок, еще весь обсыпанный блестящими каплями росы. Букет был готов. Я перевязал его длинной, тонкой травой, которую свил в бечеву, и вовнутрь осторожно вложил письмо, прикрыв его цветами, — но так, что его очень можно было заметить, если хоть маленьким вниманием подарят мой букет.

Я понес его к m—me M *.

Дорогой показалось мне, что письмо лежит слишком на виду: я побольше прикрыл его. Подойдя еще ближе, я вдвинул его еще плотнее в цветы и, наконец уже почти дойдя до места, вдруг сунул его так глубоко вовнутрь букета, что уже ничего не было приметно снаружи. На щеках моих горело целое пламя. Мне хотелось закрыть руками лицо и тотчас бежать, но она взглянула на мои цветы так, как будто совсем позабыла, что я пошел набирать их. Машинально, почти не глядя, протянула она руку и взяла мой подарок, но тотчас же положила его на скамью, как будто я затем и передавал ей его, и снова опустила глаза в книгу, точно была в забытьи. Я готов был плакать от неудачи. "Но только б мой букет был возле нее, — думал я, — только бы она о нем не забыла!" Я лег неподалеку на траву,

112

положил под голову правую руку и закрыл глаза, будто меня одолевал сон. Но я не спускал с нее глаз и ждал...

Прошло минут десять; мне показалось, что она всё больше и больше бледнела... Вдруг благословенный случай пришел мне на помощь.

Это была большая золотая пчела, которую принес добрый ветерок мне на счастье. Она пожужжала сперва над моей головою и потом подлетела к m—me M *. Та отмахнулась было рукою один и другой раз, но пчела, будто нарочно, становилась всё неотвязчивее. Наконец m—me M * мой букет и махнула им перед собою. В этот миг пакет вырвался из—под цветов и упал прямо в раскрытую книгу. Я вздрогнул. Некоторое время m—me M * смотрела, немая от изумления, то на пакет, то на цветы, которые держала в руках, и, казалось, не верила глазам своим... Вдруг она покраснела, вспыхнула и взглянула на меня. Но я уже перехватил ее взгляд и крепко закрыл глаза, притворяясь спящим; ни за что в мире я бы не взглянул теперь ей прямо в лицо. Сердце мое замирало и билось, словно пташка, попавшая в лапки кудрявого деревенского мальчугана. Не помню, сколько времени пролежал я, закрыв глаза: минуты две—три. Наконец я осмелился их открыть. М—me M * жадно читала письмо, и, по разгоревшимся ее щекам, по сверкавшему, слезящемуся взгляду, по светлому лицу, в котором каждая черточка трепетала от радостного ощущения, я догадался, что счастье было в этом письме и что развеяна как дым вся тоска ее. Мучительно—сладкое чувство присосалось к моему сердцу, тяжело было мне притворяться...

Никогда не забуду я этой минуты!

Вдруг, еще далеко от нас, послышались голоса:

— Madame M *! Natalie! Natalie!

М—me M * не отвечала, но быстро поднялась со скамьи, подошла ко мне и наклонилась надо мною. Я чувствовал, что она смотрит мне прямо в лицо. Ресницы мои задрожали, но я удержался и не открыл глаз. Я старался дышать ровнее и спокойнее, но сердце задушало меня своими смятенными ударами. Горячее дыхание ее палило мои щеки; она близко—близко нагнулась к лицу моему, словно испытывая его. Наконец, поцелуй и слезы упали на мою руку, на ту, которая лежала у меня на груди. И два раза она поцеловала ее.

— Natalie! Natalie! где ты? — послышалось снова, уже очень близко от нас.

— Сейчас! — проговорила m—me M * своим густым, серебристым голосом, но заглушенным и дрожавшим от слез, и так тихо, что только я один мог слышать ее, — сейчас!

Но в этот миг сердце наконец изменило мне и, казалось, выслало всю свою кровь мне в лицо. В тот же миг скорый, горячий поцелуй обжег мои губы. Я слабо вскрикнул, открыл глаза, но тотчас же на них упал вчерашний газовый платочек ее, — как будто она хотела закрыть меня им от солнца. Мгновение спустя ее уже не было. Я расслышал только шелест торопливо удалявшихся шагов. Я был один.

Я сорвал с себя ее косынку и целовал ее, не помня себя от восторга; несколько минут я был как безумный!.. Едва переводя дух, облокотясь на траву, глядел я, бессознательно и неподвижно, перед собою, на окрестные холмы, пестревшие нивами, на реку, извилисто обтекавшую их и далеко, как только мог следить глаз, вьющуюся между новыми холмами и селами, мелькавшими, как точки, по всей, залитой светом, дали, на синие, чуть видневшиеся леса, как будто курившиеся на краю раскаленного неба, и какое—то сладкое затишье, будто навеянное торжественною тишиною картины, мало—помалу смирило мое возмущенное сердце. Мне стало легче, и я вздохнул свободнее... Но вся душа моя как—то глухо и сладко томилась, будто прозрением чего—то, будто каким—то предчувствием. Что—то робко и радостно отгадывалось испуганным сердцем моим слегка трепетавшим от ожидания... И вдруг грудь моя заколебалась, заныла, словно от чего—то пронзившего ее, и слезы, сладкие слезы брызнули из глаз моих. Я закрыл руками лицо и, весь трепеща, как былинка, невозбранно отдался первому сознанию и откровению сердца, первому, еще неясному прозрению природы моей... Первое детство мое кончилось с этим мгновением.....................

Когда, через два часа, я воротился домой, то не нашел уже m—me M *: она уехала с мужем в Москву, по какому—то внезапному случаю. Я уже никогда более не встречался с нею.

114

ПОЛЗУНКОВ

Я начал всматриваться в этого человека. Даже в наружности его было что—то такое особенное, что невольно заставляло вдруг, как бы вы рассеяны ни были, пристально приковаться к нему взглядом и тотчас же разразиться самым неумолкаемым смехом. Так и случилось со мною. Нужно заметить, что глазки этого маленького господина были так подвижны — или, наконец, что он сам, весь, до того поддавался магнетизму всякого взгляда, на него устремленного, что почти инстинктом угадывал, что его наблюдают, тотчас же оборачивался к своему наблюдателю и с беспокойством анализировал взгляд его. От вечной подвижности, поворотливости он решительно походил на жируэтку. Странное дело! Он как будто боялся насмешки, тогда как почти добывал тем хлеб, что был всесветным шутом и с покорностию подставлял свою голову под все щелчки, в нравственном смысле и даже в физическом, смотря по тому, в какой находился компании. Добровольные шуты даже не жалки. Но я тотчас заметил, что это странное создание, этот смешной человечек вовсе не был шутом из профессии. В нем оставалось еще кое—что благородного. Его беспокойство, его вечная болезненная боязнь за себя уже свидетельствовали в пользу его. Мне казалось, что всё его желание услужить происходило скорее от доброго сердца, чем от материяльных выгод. Он с удовольствием позволял засмеяться над собой во всё горло и неприличнейшим образом, в глаза, но в то же время — и я даю клятву в том — его сердце ныло и обливалось кровью от мысли, что его слушатели так неблагородно—жестокосерды, что способны смеяться не факту, а над ним, над всем существом его, над сердцем, головой, над наружностию, над всею его плотью и кровью. Я уверен, что он чувствовал в эту минуту всю глупость своего положения; но протест тотчас же умирал в груди его, хотя непременно каждый раз зарождался великодушнейшим образом. Я уверен, что всё это происходило не иначе, как от доброго сердца, а вовсе не от материяльной невыгоды быть прогнанным в толчки и не занять у кого—нибудь денег: этот господин вечно занимал деньги, то есть просил в этой форме милостыню, когда, погримасничав и достаточно насмешив на свой счет, чувствовал, что имеет некоторым образом право занять. Но, боже мой! какой это был заем! и с каким видом он делал этот заем! Я предположить не мог, чтоб на таком маленьком пространстве, как сморщенное, угловатое лицо этого человечка, могло уместиться в одно и то же время столько разнородных гримас, столько странных разнохарактерных ощущений, столько самых убийственных впечатлений. Чего—чего тут не было! И стыд—то, и ложная наглость, и досада с внезапной краской в лице, и гнев, и робость за неудачу, и просьба о прощении, что смел утруждать, и сознание собственного достоинства, и полнейшее сознание собственного ничтожества — всё это, как молнии, проходило по лицу его. Целых шесть лет пробивался он таким образом на божием свете и до сих пор не составил себе фигуры в интересную минуту займа! Само собою разумеется, что очерстветь и заподличаться вконец он не мог никогда. Сердце его было слишком подвижно, горячо! Я даже скажу более: по моему мнению, это был честнейший и благороднейший человек в свете, но с маленькою слабостию: сделать подлость по первому приказанию, добродушно и бескорыстно, лишь бы угодить ближнему. Одним словом, это был, что называется, человек—тряпка вполне. Всего смешнее было то, что он был одет почти так же, как все, не хуже, не лучше, чисто, даже с некоторою изысканностью и с поползновением на солидность и собственное достоинство. Это равенство наружное и неравенство внутреннее, его беспокойство за себя и в то же время беспрерывное самоумаление — всё это составляло разительнейший контраст и достойно было смеху и жалости. Если б он был уверен сердцем своим (что, несмотря на опыт, поминутно случалось с ним), что все его слушатели были добрейшие в мире люди, которые смеются только факту смешному, а не над его обреченною личностию, то он с удовольствием снял бы фрак свой, надел его как—нибудь наизнанку и пошел бы в этом наряде, другим в угоду, а себе в наслаждение, по улицам, лишь бы рассмешить своих покровителей и доставить им всем удовольствие. Но до равенства он не мог достигнуть никогда и ничем. Еще черта: чудак был самолюбив и порывами, если только не предстояло опасности, даже великодушен. Нужно было видеть и слышать, как он умел отделать, иногда не щадя себя, следовательно с риском, почти с геройством, кого—нибудь из своих покровителей, уже донельзя его разбесившего. Но это было минутами... Одним словом, он был мученик в полном смысле слова, но самый бесполезнейший и, следовательно, самый комический мученик.

Между гостями поднялся общий спор. Вдруг я увидел, что

чудак мой вскакивает на стул и кричит что есть мочи, желая, чтоб ему одному дали исключительно слово.

— Слушайте, — шепнул мне хозяин. — Он рассказывает иногда прелюбопытные вещи... Интересует он Вас? Я кивнул головою и втеснился в толпу.

Действительно, вид порядочно одетого господина, вскочившего на стул и кричавшего всем голосом, возбудил общее внимание. Многие, кто не знали чудака, переглядывались с недоумением, другие хохотали во всё горло.

— Я знаю Федосея Николаича! Я лучше всех должен знать Федосея Николаича! — кричал чудак с своего возвышения. — Господа, позвольте рассказать. Я хорошо расскажу про Федосея Николаича! Я знаю одну историю — чудо!..

— Расскажите, Осип Михайлыч, расскажите.

— Рассказывай!!

— Слушайте же...

— Слушайте, слушайте!!!

— Начинаю; но, господа, это история особенная...

— Хорошо, хорошо!

— Это история комическая.

— Очень хорошо, превосходно, прекрасно, — к делу!

— Это эпизод из собственной жизни вашего нижайшего...

— Ну зачем же вы трудились объявлять, что она комическая!

— И даже немного трагическая!

— А???!

— Словом, та история, которая вам всем доставляет счастие слушать меня теперь, господа, — та история, вследствие которой я попал в такую интересную для меня компанию.

— Без каламбуров!

— Та история...

— Словом, та история, — уж доканчивайте поскорее аполог, — та история, которая чего—нибудь стоит, — примолвил сиплым голосом один белокурый молодой господин с усами, запустив руку в карман своего сюртука и как будто нечаянно вытащив оттуда кошелек вместо платка.

— Та история, мои сударики, после которой я бы желал видеть многих из вас на моем месте. И наконец, та история, вследствие которой я не женился!

— Женился!.. жена!.. Ползунков хотел жениться!!

— Признаюсь, я бы желал теперь видеть madame Ползункову!

— Позвольте поинтересоваться, как звали прошедшую

madame Ползункову, — пищал один юноша, пробираясь к рассказчику.

— Итак, первая глава, господа: то было ровно шесть лет тому, весной, тридцать первого марта, — заметьте число, господа, — накануне...

— Первого апреля! — закричал юноша в завитках.

— Вы необыкновенно угадливы—с. Был вечер. Над уездным городом N. сгущались сумерки, хотела выплыть луна... ну, и всё там как следует. Вот—с, в самые поздние сумерки, втихомолочку, и я выплыл из своей квартиренки, — простившись с моей замкнутой покойницей бабушкой. Извините, господа, что я употребляю такое модное выражение, слышанное мной в последний раз у Николай Николаича. Но бабушка моя была вполне замкнутая: она была слепа, нема, глуха, глупа, — всё что угодно!.. Признаюсь, я был в трепете, я собирался на великое дело; сердчишко во мне билось, как у котенка, когда его хватает чья—нибудь костлявая лапа за шиворот.

— Позвольте, monsieur Ползунков!

— Чего требуете?

— Рассказывайте проще; пожалуйста, не слишком старайтесь!

— Слушаю—с, — проговорил немного смутившийся Осип Михайлыч. — Я вошел в домик Федосея Николаича (благоприобретенный—с). Федосей Николаич, как известно, не то чтобы сослуживец, но целый начальник. Обо мне доложили и тотчас же ввели в кабинет. Как теперь вижу: совсем, совсем почти темная комната, а свечей не подают. Смотрю, входит Федосей Николаич. Так мы и остаемся с ним в темноте...

— Что ж бы такое произошло между вами? — спросил один офицер.

— А как вы полагаете—с? — спросил Ползунков, немедленно обращаясь, с судорожно шевельнувшимся лицом, к юноше в завитках.

— Итак, господа, тут произошло одно странное обстоятельство. То есть странного тут не было ничего, а было, что называется, дело житейское, — я просто—запросто вынул из кармана сверток бумаг, а он из своего сверток бумажек, только государственными...

— Ассигнациями?

— Ассигнациями—с, и мы поменялись.

— Бьюсь об заклад, что тут пахло взятками, — проговорил один солидно одетый и выстриженный молодой господин.

— Взятками—с! — подхватил Ползунков. — Эх!

Пусть я буду либералом,
Каких много видел я!

если вы тоже, как вам попадется служить в губернии, не погреете рук... на родном очаге... Зане, сказал один литератор:

И дым отечества нам сладок и приятен!

Мать, мать, господа, родная, родина—то наша, мы птенцы, так мы ее и сосем!..

Поднялся общий смех.

— А только, поверите ли, господа, я никогда не брал взяток, — сказал Ползунков, недоверчиво оглядывая всё собрание.

Гомерический, неумолкаемый смех всем залпом своим накрыл слова Ползункова.

— Право, так, господа...

Но тут он остановился, продолжая оглядывать всех с каким—то странным выражением лица. Может быть, — кто знает, — может быть, в эту минуту ему вспало на ум, что он почестнее многих из всей этой честной компании... Только серьезное выражение лица его не исчезало до самого окончания всеобщей веселости.

— Итак, — начал Ползунков, когда все поумолкли, — хотя я никогда не брал взяток, но в этот раз грешен: положил в карман взятку... с взяточника... То есть были кое—какие бумажки в руках моих, которые если б я захотел послать кой—кому, так худо бы пришлось Федосею Николаичу.

— Так, стало быть, он их выкупил?

— Выкупил—с.

— Много дал?

— Дал столько, за сколько иной в наше время продал бы совесть свою, всю, со всеми варьяциями—с... если бы только что—нибудь дали—с. Только меня варом обдало, когда я положил в карман денежки. Право, я не знаю, как это со мной всегда делается, господа, — но вот, ни жив ни мертв, губами шевелю, ноги трясутся; ну, виноват, виноват, совсем виноват, в пух засовестился, готов прощенья просить у Федосея Николаича...

— Ну, что ж он, простил?

— Да я не просил—с... я только так говорю, что так оно было тогда; у меня, то есть, сердце горячее. Вижу, смотрит мне прямо в глаза:

— Бога, говорит, вы не боитесь, Осип Михайлыч. Ну, что делать! Я этак развел из приличия руки, голову на сторону: "Чем же, я говорю, бога не боюсь, Федосей Николаич?.." Только уж так говорю, из приличия... сам сквозь землю провалиться готов.

— Быв так долго другом семейства нашего, быв, могу сказать, сыном, — и кто знает, что небо предполагало, Осип Михайлыч! И вдруг что же, донос, готовить донос, и вот теперь!.. Что после этого думать о людях, Осип Михайлыч?

Да ведь как, господа, как рацею читал! "Нет, говорит, вы мне скажите, что после этого думать о людях, Осип Михайлыч?" Что, думаю, думать! Знаете, и в горле заскребло, и голосенко дрожит, ну уж предчувствую свой скверный норов и схватился за шляпу...

— Куда ж вы, Осип Михайлыч? Неужели накануне такого дня... Неужели вы и теперь злопамятствуете; чем я против вас согрешил?..

— Федосей Николаич, говорю, Федосей Николаич! Ну, то есть растаял, господа, как мокрый сахар—медович, растаял. Куда! и пакет, что в кармане лежит с государственными, и тот словно тоже кричит: неблагодарный ты, разбойник, тать окаянный, — словно пять пудов в нем, так тянет... (А если б и взаправду в нем пять пудов было!..)

— Вижу, — говорит Федосей Николаич, — вижу ваше раскаяние... вы, знаете, завтра...

— Марии Египетские—с...

— Ну, не плачь, — говорит Федосей Николаич, — полно: согрешил и покаялся! пойдем! Может быть, удастся мне возвратить, говорит, вас опять на путь истинный... Может быть, скромные пенаты мои (именно, помню, пенаты, так и выразился, разбойник) согреют, говорит, опять ваше очерств... не скажу очерствелое, — заблудшее сердце...

Взял он меня, господа, за руку и повел к домочадцам. Мне спину морозом прохватывает; дрожу! думаю, с какими глазами предстану я... А нужно вам знать, господа... как бы сказать, здесь выходило одно щекотливое дельце!

— Уж не госпожа ли Ползункова?

— Марья Федосеевна—с, — только не суждено, знать, ей было быть такой госпожой, какой вы ее называете, не дождалась такой чести! Оно, видите, Федосей—то Николаич был и прав, говоря, что в доме—то я почти сыном считался. Оно и было так назад тому полгода, когда еще был жив один юнкер в отставке Михайло Максимыч Двигайлов по прозвищу. Только он волею божию помре, а завещание—то совершить всё в долгий ящик откладывал; оно и вышло так, что ни в каком ящике его не отыскали потом...

— Ух!!!

120

— Ну ничего, нечего делать, господа, простите, обмолвился, — каламбурчик—то плох, да это бы еще ничего, что он плох, — штука—то была еще плоше, когда я остался, так сказать, с нулем в перспективе, потому что юнкер—то в отставке — хоть меня в дом к нему и не пускали (на большую ногу жил, затем что были руки длинны!), — а тоже, может быть не ошибкой, родным сыном считал.

— Ага!!

— Да—с, оно вот как—с! Ну, и стали мне носы показывать у Федосея Николаича. Я замечал—замечал, крепился—крепился, а тут вдруг, на беду мою (а может, и к счастью!), как снег на голову ремонтер наскакал на наш городишко. Дело—то оно его, правда, подвижное, легкое, кавалерийское, — только так плотно утвердился у Федосея Николаича, — ну, словно мортира, засел! Я обиходцем да стороночкой, по подлому норову, "так и так, говорю, Федосей Николаич, за что ж обижать! Я в некотором роде уж сын... Отеческого—то, отеческого когда я дождусь..." Начал он мне, сударик ты мой, отвечать! ну, то есть начнет говорить, поэму наговорит целую, в двенадцати песнях в стихах, только слушаешь, облизываешься да руки разводишь от сладости, а толку нет ни на грош, то есть какого толку, не разберешь, не поймешь, стоишь дурак дураком, затуманит, словно вьюн вьется, вывертывается; ну, талант, просто талант, дар такой, что вчуже страх пробирает! Я кидаться пошел во все стороны: туды да сюды! уж и романсы таскаю, и конфет привожу, и каламбуры высиживаю, охи да вздохи, болит, говорю, мое сердце, от амура болит, да в слезы, да тайное объяснение! ведь глуп человек! ведь не проверил у дьячка, что мне тридцать лет... куды! хитрить выдумал! нет же! не пошло мое дело, смешки да насмешки кругом, — ну, и зло меня взяло, за горло совсем захватило, — я улизнул, да в дом ни ногой, думал—думал — да хвать донос! Ну, поподличал, друга выдать хотел, сознаюсь, материяльцу—то было много, и славный такой материял, капитальное дело! Тысячу пятьсот серебром принесло, когда я его вместе с доносом на государственные выменял!

— А! так вот она, взятка—то!

— Да, сударь, вот была взяточка—то—с; поплатился мне взяточник! (И ведь не грешно, ну, право же, нет!) Ну, вот—с теперь продолжать начну: притащил он меня, если запомнить изволите, в чайную ни жива ни мертва; встречают меня: все как будто обиженные, то есть не то что обиженные, — разогорченные так, что уж просто... Ну, убиты, убиты совсем, а между тем и важность такая приличная на лицах сияет, солидность во взорах, этак что—то отеческое, родственное такое... блудный сын воротился к нам, — вот куда пошло! За чай усадили, а чего, у меня у самого словно самовар в грудь засел, кипит во мне, а ноги леденеют: умалился, струсил! Марья Фоминишна, супруга его, советница надворная (а теперь коллежская), мне ты с первого слова начала говорить: "Что ты, батенька, так похудел", — говорит. "Да так, прихварываю, говорю, Марья Фоминишна..." Голосенко—то дрожит у меня! А она мне ни с того ни с сего, знать, выжидала свое ввернуть, ехидна такая: "Что, видно, совесть, говорит, твоей душе не по мерке пришлась, Осип Михайлыч, отец родной! Хлеб—соль—то наша, говорит, родственная возопияла к тебе! Отлились, знать, тебе мои слезки кровавые!" Ей—богу, так и сказала, пошла против совести; чего! то ли за ней, бой—баба! Только так сидела да чай разливала. А поди—ка, я думаю, на рынке, моя голубушка, всех баб перекричала бы. Вот какая была она, наша советница! А тут, на беду мою, Марья Федосеевна, дочка, выходит, со всеми своими невинностями, да бледненька немножко, глазки раскраснелись, будто от слез, — я как дурак и погиб тут на месте. А вышло потом, что по ремонтере она слезки роняла: тот утек восвояси, улепетнул подобру— поздорову, потому что, знаете, знать (оно пришлось теперь к слову сказать), пришло ему время уехать, срок вышел, оно не то чтобы и казенный был срок—то! а так... уж после родители дражайшие спохватились, узнали всю подноготную, да что делать, втихомолку зашили беду, — своего дому прибыло!.. Ну, нечего делать, как взглянул я на нее, пропал, просто пропал, накосился на шляпу, хотел схватить да улепетнуть поскорее; не тут—то было: утащили шляпу мою... Я уж, признаться, и без шляпы хотел — ну, думаю, — нет же, дверь на крючок насадили, смешки дружеские начались, подмигиванья да заигрыванья, сконфузился я, что—то соврал, об амуре понес; она, моя голубушка, за клавикорды села да гусара, который на саблю опирался, пропела на обиженный тон, — смерть моя! "Ну, — говорит Федосей Николаич, — всё забыто, приди, приди... в объятия!" Я как был, так тут же и припал к нему лицом на жилетку. "Благодетель мой, отец ты мой родной!" — говорю, да как зальюсь своими горючими! Господи, бог мой, какое тут поднялось! Он плачет, баба его плачет, Машенька плачет... тут еще белобрысенькая одна была: и та плачет... куда — со всех углов ребятишки повыползли (благословил его домком господь!), и те ревут... сколько слез, то есть умиление, радость такая, блудного обрели, словно на родину солдат воротился! Тут угощение подали, фанты пошли: ох, болит! что болит? — сердце; по ком? Она краснеет, голубушка! Мы с стариком пуншику выпили, — ну, уходили, усластили меня совершенно...

Воротился я к бабушке. У самого голова кругом ходит; всю дорогу шел да подсмеивался, дома два часа битых по каморке ходил, старуху разбудил, ей всё счастье поведал. "Да денег—то дал ли, разбойник?" — "Дал, бабушка, дал, дал, родная моя, дал, привалило к нам, отворяй ворота!" — "Ну, теперь хоть женись, так в ту ж пору женись, — говорит мне старуха, — знать, молитвы мои услышаны!" Софрона разбудил. "Софрон, говорю, снимай сапоги". Софрон потащил с меня сапоги. "Ну, Софроша! Поздравь ты теперь меня, поцелуй! Женюсь, просто, братец, женюсь, напейся пьян завтра, гуляй душа, говорю: барин твой женится!" Смешки да игрушки на сердце!.. Уж засыпать было начал; нет, подняло меня опять на ноги, сижу да думаю; вдруг и мелькни у меня в голове: завтра—де первое апреля, день—то такой светлый, игривый, как бы так? — да и выдумал! Что ж, судáрики! с постели встал, свечу зажег, в чем был за стол письменный сел, то есть уж расходился совсем, заигрался, — знаете, господа, когда человек разыграется! Всей головой, отцы мои, в грязь полез! То есть вот какой норов: они у тебя вот что возьмут, а ты им вот и это отдашь: дескать, нате и это возьмите! Они тебя по ланите, а ты им на радостях всю спину подставишь. Они тебя потом калачом, как собаку, манить начнут, а ты тут всем сердцем и всей душой облапишь их глупыми лапами — и ну лобызаться! Ведь вот хоть бы теперь, господа! Вы смеетесь да шепчетесь, я ведь вижу! После, как расскажу вам всю мою подноготную, меня же начнете на смех подымать, меня же начнете гонять, а я—то вам говорю, говорю, говорю! Ну, кто мне велел! Ну, кто меня гонит! Кто у меня за плечами стоит да шепчет: говори, говори да рассказывай! А ведь говорю же, рассказываю, вам в душу лезу, словно вы мне, примером, все братья родные, друзья закадышные... э—эх!..

Хохот, начинавший мало—помалу подыматься со всех сторон, покрыл наконец совершенно голос рассказчика, действительно пришедшего в какой—то восторг; он остановился, несколько минут перебегая глазами по собранию, и потом вдруг, словно увлеченный каким—то вихрем, махнул рукой, захохотал сам, как будто действительно находя смешным свое положение, и снова пустился рассказывать:

— Едва заснул я в ту ночь, господа; всю ночь строчил на бумаге; видите ли, штуку я выдумал! Эх, господа! припомнить только, так совестно станет! И добро бы уж ночью: ну, с пьяных глаз, заблудился, напутал вздору, наврал, — нет же! Утром проснулся ни свет ни заря, всего—то и спал часик—другой, и за то же! Оделся, умылся, завился, припомадился, фрак новый напялил и прямо на праздник к Федосею Николаичу, а бумагу в шляпе держу. Встречает меня сам, с отверстыми, и опять зовет на жилетку родительскую! Я и приосанился, в голове еще вчерашнее бродит! На шаг отступил. "Нет, говорю, Федосей Николаич, а вот, коль угодно, сию бумажку прочтите", — да и подаю ее при рапорте; а в рапорте—то знаете что было? А было: по таким—то да по таким—то такого—то Осипа Михайлыча уволить в отставку, да под просьбой то весь чин подмахнул! Вот ведь что выдумал, господи! и умнее—то ничего придумать не мог! Дескать, сегодня первое апреля, так я вот и сделаю вид, ради шуточки, что обида моя не прошла, что одумался за ночь, одумался да нахохлился, да пуще прежнего обиделся, да, дескать, вот же вам, родные мои благодетели, и ни вас, ни дочки вашей знать не хочу; денежки—то вчера положил в карман, обеспечен, так вот. дескать, вам рапорт об отставке. Не хочу служить под таким начальством, как Федосей Николаич! в другую службу хочу, а там, смотри, и донос подам. Этаким подлецом представился, напугать их выдумал! и выдумал чем напугать! А? хорошо, господа? То есть вот заласкалось к ним сердце со вчерашнего дня, так дай я за это шуточку семейную отпущу, подтруню над родительским сердечком Федосея Николаича...

Только взял он бумагу мою, развернул, и вижу, шевельнулась у него вся физиономия. "Что ж, Осип Михайлыч?" А я как дурак: "Первое апреля! с праздником вас, Федосей Николаич!" — то есть совсем как мальчишка, который за бабушкино кресло спрятался втихомолку, да потом уф! ей на ухо, во всё горло, — пугать вздумал! Да... да просто даже совестно рассказывать, господа! Да нет же! я не буду рассказывать!

— Да нет, что же дальше?

— Да нет, да нет, расскажите! Нет, уж рассказывайте! — поднялось со всех сторон.

— Поднялись, судари мои, толки да пересуды, охи да ахи! и проказник—то я, и забавник—то я, и перепугал—то я их, ну, такое сладчайшее, что самому стыдно стало, так что стоишь да со страхом и думаешь: как такого грешника такое место святое на себе держать может! "Ну, родной ты мой, — запищала советница, — напугал меня так, что о сю пору ноги трясутся, еле на месте держат! Выбежала я как полоумная к Маше: Машенька, говорю, что с нами будет! Смотри, каким твой—то оказывается! Да сама согрешила, родимый, уж ты прости меня, старуху, опростоволосилась! Ну, думаю: как пошел он от нас вчера, пришел домой поздно, начал думать, да, может, показалось ему, что нарочно мы вчера ходили за ним, завлечь хотели, так и обмерла я! Полно, Машенька, полно мигать мне, Осип Михайлыч нам не чужой; я же твоя мать, дурного ничего не скажу! Слава богу, не двадцать лет на свете живу: целых сорок пять!.."

Ну, что, господа! Чуть я ей в ноги не чебурахнулся тут! Опять прослезились, опять лобызания пошли! Шуточки начались! Федосей Николаич тоже для первого апреля штучку изволили выдумать! Говорит, дескать, жар—птица прилетела, с бриллиантовым клювом, а в клюве—то письмо принесла! Тоже надуть хотел, — смех—то пошел какой! умиление—то было какое! тьфу! даже срамно рассказывать.

Ну, что, мои милостивцы, теперь и вся недолга! Пожили мы день, другой, третий, неделю живем; я уж совсем жених! Чего! Кольца заказаны, день назначали, только оглашать не хотят до времени, ревизора ждут. Я—то жду не дождусь ревизора, счастье мое остановилось за ним! Спустить бы его скорей с плеч долой, думаю. А Федосей—то Николаич под шумок и на радостях все дела свалил на меня: счеты, рапорты писать, книги сверять, итоги подводить, — смотрю: беспорядок ужаснейший, всё в запустении, везде крючки да кавыки! ну, думаю, потружусь для тестюшки! А тот всё прихварывает, болезнь приключилась, день ото дня ему, видишь, хуже. А чего, я сам, как спичка, ночей не сплю, повалиться боюсь! Однако кончил—таки дело на славу! выручил к сроку! Вдруг шлют за мной гонца. "Поскорей, говорят, худо Федосею Николаичу!" Бегу сломя голову — что такое? Смотрю, сидит мой Федосей Николаич обвязанный, уксусу к голове примочил, морщится, кряхтит, охает: ох да ох! "Родной ты мой, милый ты мой, говорит, умру, говорит, на кого—то я вас оставлю, птенцы мои!" Жена с детьми приплелась, Машенька в слезы, — ну, я и сам зарюмил! "Ну, нету же, говорит, бог будет милостив! Не взыщет же он с вас за все мои прегрешения!" Тут он их всех отпустил, приказал за ними дверь запереть, остались мы с ним вдвоем, с глазу на глаз. "Просьба есть до тебя!" — "Какая—с?" — "Так и так, братец, и на смертном одре нет покоя, зануждался совсем!" — "Как так?" Меня тут и краска прошибла, язык отнялся. "Да так, братец, из своих пришлось в казну приплатиться; я, братец, для пользы общей ничего не жалею, жизни своей не жалею! Ты не думай чего! Грустно мне, что меня пред тобой клеветники очернили... Заблуждался ты, горе с тех пор мою голову убелило! Ревизор на носу, а у Матвеева в семи тысячах недочет,

125

а отвечаю я... кто ж больше! С меня, братец, взыщут: чего смотрел? А что с Матвеева взять! Уж и так довольно с него; что горемыку под обух подводить!" Святители, думаю, вот праведник! вот душа! А он: "Да, говорит, дочерних брать не хочу, из того, что ей пошло на приданое; это священная сумма! Есть свои, есть, правда, да в люди отданы, где их сейчас соберешь!" Я тут как был, так и бряк перед ним на колени. "Благодетель ты мой, кричу, оскорбил я тебя, разобидел, клеветники на тебя бумаги писали, не убей вконец, возьми назад свои денежки!" Смотрит он на меня, потекли у него из глаз слезы. "Этого я и ждал от тебя, мой сын, встань; тогда простил ради дочерних слез! теперь и мое сердце прощает тебя. Ты залечил, говорит, мои язвы! благословляю тебя во веки веков!" Ну, как благословил—то он меня, господа, я во все лопатки домой, достал сумму: "Вот, батюшка, всё, только пятьдесят целковых извел!" — "Ну ничего, говорит, а теперь всякое лыко в строку; время спешное, напиши—ка рапорт, задним числом, что зануждался да вперед просишь жалованья пятьдесят рублей. Я так и покажу по начальству, что тебе вперед выдано..." Ну что ж, господа! как вы думаете? ведь я и рапорт написал!

— Ну что же, ну чем же, ну как это кончилось?

— Только что написал я рапорт, сударики вы мои, вот чем кончилось. Назавтра же, на другой же день, ранехонько поутру пакет за казенной печатью. Смотрю — и что ж обретаю? Отставка! Дескать, сдать дела, свести счеты, а самому идти на все стороны!..

— Как так?

— Да уж и я тут благим матом крикнул: как так! сударики! Чего, в ушах зазвенело! Я думал спроста, ан нет, ревизор в город въехал. Дрогнуло сердце мое! Ну, думаю, неспроста! да так, как был, к Федосею Николаичу: "Что?" — говорю. "А что ж?" — говорит. "Да вот же отставка!" — "Какая отставка?" — "А это?" — "Ну что ж, и отставка—с!" — "Да как же, разве я пожелал?" — "А как же, вы подали—с, первого апреля вы подали" (а бумагу—то я не взял назад!). — "Федосей Николаич! да вас ли слышат уши мои, вас ли видят очи мои!" — "Меня—с, а что—с?" — "Господи, бог мой!" — "Жаль мне, сударь, жаль, очень жаль, что так рано службу оставить задумали! Молодому человеку нужно служить, а у вас, сударь, ветер начал бродить в голове. А насчет аттестата будьте покойны: я позабочусь. Вы же так хорошо себя всегда аттестуете—с!" — "Да ведь я ж тогда шуточкой, Федосей Николаич, я ж не хотел, я так подал бумагу, для родительского вашего... вот!" — "Как—с вот! Какое, сударь, шуточкой! Да разве такими бумагами шутят—с? да вас за такие шуточки когда—нибудь в Сибирь упекут—с. Теперь прощайте, мне некогда—с, у нас ревизор—с, обязанности службы прежде всего; вам бить баклуши, а нам тут сидеть за делами—с. А уж я вас там как следует аттестую—с. Да еще—с, вот я дом у Матвеева сторговал, переедем на днях, так уж надеюсь, что не буду иметь удовольствия вас на новоселье у себя увидеть. Счастливый путь!" Я домой со всех ног: "Пропали мы, бабушка!" — взвыла она, сердечная; а тут, смотрим, бежит казачок от Федосея Николаича, с запиской и с клеткой, а в клетке скворец сидит; это я ей от избытка чувств скворца подарил говорящего; а в записке стоит: первое апреля, а больше и нет ничего. Вот, господа, что, как вы думаете—с?!

— Ну, что же, что же дальше???

— Чего дальше! встретил я раз Федосея Николаича, хотел было ему в глаза подлеца сказать...

— Ну!

— Да как—то не выговорилось, господа!

127

ГОСПОДИН ПРОХАРЧИН

В квартире Устиньи Федоровны, в уголке самом темном и скромном, помещался Семен Иванович Прохарчин, человек уже пожилой, благомыслящий и непьющий. Так как господин Прохарчин, при мелком чине своем, получал жалованья в совершенную меру своих служебных способностей, то Устинья Федоровна никаким образом не могла иметь с него более пяти рублей за квартиру помесячно. Говорили иные, что у ней был тут свой особый расчет; но как бы там ни было, а господин Прохарчин, словно в отместку всем своим злоязычникам, попал даже в ее фавориты, разумея это достоинство в значении благородном и честном. Нужно заметить, что Устинья Федоровна, весьма почтенная и дородная женщина, имевшая особенную наклонность к скоромной пище и кофею и через силу перемогавшая посты, держала у себя несколько штук таких постояльцев, которые платили даже и вдвое дороже Семена Ивановича, но, не быв смирными и будучи, напротив того, все до единого "злыми надсмешниками" над ее бабьим делом и сиротскою беззащитностью, сильно проигрывали в добром ее мнении, так что не плати они только денег за свои помещения, так она не только жить пустить, но и видеть—то не захотела бы их у себя на квартире. В фавориты же Семен Иванович попал с того самого времени, как свезли на Волково увлеченного пристрастием к крепким напиткам отставного, или, может быть, гораздо лучше будет сказать, одного исключенного, человека. Увлеченный и исключенный хотя и ходил с подбитым, по словам его, за храбрость глазом и имел одну ногу, там как—то тоже из—за храбрости сломанную, — но тем не менее умел снискать и воспользоваться всем тем благорасположением, к которому только способна была Устинья Федоровна, и, вероятно, долго бы прожил еще в качестве самого верного ее приспешника и приживальщика, если б не опился наконец самым глубоким, плачевнейшим образом. Случилось же это всё еще на Песках, когда Устинья Федоровна держала всего только трех постояльцев, из которых, при переезде на новую квартиру, где образовалось заведение на более обширную ногу и пригласилось около десятка новых жильцов, уцелел всего только один господин Прохарчин.

Сам ли господин Прохарчин имел свои неотъемлемые недостатки, товарищи ль его обладали таковыми же каждый, — но дела с обеих сторон пошли с самого начала как будто неладно. Заметим здесь, что все до единого из новых жильцов Устиньи Федоровны жили между собою словно братья родные; некоторые из них вместе служили; все вообще поочередно каждое первое число проигрывали друг другу свои жалованья в банчишку, в преферанс и на биксе; любили под веселый час все вместе гурьбой насладиться, как говорилось у них, шипучими мгновениями жизни; любили иногда тоже поговорить о высоком, и хотя в последнем случае дело редко обходилось без спора, но так как предрассудки были из всей этой компании изгнаны, то взаимное согласие в таких случаях не нарушалось нисколько. Из жильцов особенно замечательны были: Марк Иванович, умный и начитанный человек; потом еще Оплеваниев—жилец; потом еще Преполовенко—жилец, тоже скромный и хороший человек; потом еще был один Зиновий Прокофьевич, имевший непременною целью попасть в высшее общество; наконец, писарь Океанов, в свое время едва не отбивший пальму первенства и фаворитства у Семена Ивановича; потом еще другой писарь Судьбин; Кантарев— разночинец; были еще и другие. Но всем этим людям Семен Иванович был как будто не товарищ. Зла ему, конечно, никто не желал, тем более что все еще в самом начале умели отдать Прохарчину справедливость и решили, словами Марка Ивановича, что он, Прохарчин, человек хороший и смирный, хотя и не светский, верен, не льстец, имеет, конечно, свои недостатки, но если пострадает когда, то не от чего иного, как от недостатка собственного своего воображения. Мало того: хотя лишенный таким образом собственного своего воображения, господин Прохарчин фигурою своей и манерами не мог, например, никого поразить с особенно выгодной для себя точки зрения (к чему любят придраться насмешники), но и фигура сошла ему с рук, как будто ни в чем не бывало; причем Марк Иванович, будучи умным человеком, принял формально защиту Семена Ивановича и объявил довольно удачно и в прекрасном, цветистом слоге, что Прохарчин человек пожилой и солидный и уже давным—давно оставил за собой свою пору элегий. Итак, если Семен Иванович не умел уживаться с людьми, то единственно потому, что был сам во всем виноват.

Первое, на что обратили внимание, было, без сомнения, скопидомство и скаредность Семена Ивановича. Это тотчас заметили и приняли в счет, ибо Семен Иванович никак, ни за что и никому не мог одолжить своего чайника на подержание, хотя бы то было на самое малое время; и тем более был несправедлив в этом деле, что сам почти совсем не пил чаю, а пил, когда была надобность, какой—то довольно приятный настой из полевых цветов и некоторых целебного свойства трав, всегда в значительном количестве у него запасенный. Впрочем, он и ел тоже совсем не таким образом, как обыкновенно едят всякие другие жильцы. Никогда, например, он не позволял себе съесть всего обеда, предлагаемого каждодневно Устиньей Федоровной его товарищам. Обед стоил полтину; Семен Иванович употреблял только двадцать пять копеек медью и никогда не восходил выше, и потому брал по порциям или одни щи с пирогом, или одну говядину; чаще же всего не ел ни щей, ни говядины, а съедал в меру ситного с луком, с творогом, с огурцом рассольным или с другими приправами, что было несравненно дешевле, и только тогда, когда уже невмочь становилось, обращался опять к своей половине обеда...

Здесь биограф сознается, что он ни за что бы не решился говорить о таких нестоящих, низких и даже щекотливых, скажем более, даже обидных для иного любителя благородного слога подробностях, если б во всех этих подробностях не заключалась одна особенность, одна господствующая черта в характере героя сей повести; ибо господин Прохарчин далеко не был так скуден, как сам иногда уверял, чтоб даже харчей не иметь постоянных и сытных, но делал противное, не боясь стыда и людских пересудов, собственно для удовлетворения своих странных прихотей, из скопидомства и излишней осторожности, что, впрочем, гораздо яснее будет видно впоследствии. Но мы остережемся наскучить читателю описанием всех прихотей Семена Ивановича и не только пропускаем, например, любопытное и очень смешное для читателя описание всех нарядов его, но даже, если б только не показание самой Устиньи Федоровны, навряд ли упомянули бы мы и о том, что Семен Иванович во всю жизнь свою никак не мог решиться отдать свое белье в стирку или решался, но так редко, что в промежутках можно было совершенно забыть о присутствии белья на Семене Ивановиче. В показании же хозяйкином значилось, что "Семен—от Иванович, млад—голубчик, согрей его душеньку, гноил у ней угол два десятка лет, стыда не имея, ибо не только всё время земного жития своего постоянно и с упорством чуждался носков, платков и других подобных предметов, но даже сама Устинья Федоровна собственными глазами видела, с помощию ветхости ширм, что ему, голубчику, нечем было подчас своего белого тельца

130

прикрыть". Такие толки пошли уже по кончине Семена Ивановича. Но при жизни своей (и здесь—то был один из главнейших пунктов раздора) он никаким образом не мог потерпеть, несмотря даже на самые приятные отношения товарищества, чтоб кто—нибудь, не спросясь, совал свой любопытный нос к нему в угол, хотя бы то было даже и с помощию ветхости ширм. Человек был совсем несговорчивый, молчаливый и на праздную речь неподатливый. Советников не любил никаких, выскочек тоже не жаловал и всегда, бывало, тут же на месте укорит насмешника или советника—выскочку, пристыдит его, и дело с концом. "Ты мальчишка, ты свистун, а не советник, вот как; знай, сударь, свой карман да лучше сосчитай, мальчишка, много ли ниток на твои онучки пошло, вот как!" Семен Иванович был простой человек и всем решительно говорил ты. Тоже никак не мог он стерпеть, когда кто—нибудь, зная всегдашний норов его. начнет, бывало, из одного баловства приставать и расспрашивать, что у него лежит в сундучке... У Семена Ивановича был один сундучок. Сундук этот стоял у него под кроватью и оберегаем был как зеница ока; и хотя все знали, что в нем, кроме старых тряпиц, двух или трех пар изъянившихся сапогов и вообще всякого случившегося хламу и дрязгу, ровно не было ничего, но господин Прохарчин ценил это движимое свое весьма высоко, и даже слышали раз, как он, не довольствуясь своим старым, но довольно крепким замком, поговаривал завести другой, какой—то особенный, немецкой работы, с разными затеями и с потайною пружиною. Когда же один раз Зиновий Прокофьевич, увлеченный своим молодоумием, обнаружил весьма неприличную и грубую мысль, что Семен Иванович, вероятно, таит и откладывает в свой сундук, чтоб оставить потомкам, то все, кто тут ни были около, принуждены были в столбняк стать от необыкновенных последствий выходки Зиновья Прокофьевича. Во—первых, господин Прохарчин на такую обнаженную и грубую мысль даже выражений приличных не мог сразу найти. Долгое время из уст его сыпались слова без всякого смысла, и наконец только разобрали, что Семен Иванович, во—первых, корит Зиновья Прокофьича одним его давнопрошедшим скаредным, делом; потом распознали, будто Семен Иванович предсказывает, что Зиновий Прокофьич ни за что не попадет в высшее общество, а что вот портной, которому он должен за платье, его прибьет, непременно прибьет за то, что долго мальчишка не платит, и что, "наконец, ты, мальчишка, — прибавил Семен Иванович, — вишь, там хочешь в гусарские юнкера перейти, так вот не перейдёшь, гриб съешь, а что вот тебя, мальчишку, как начальство узнает про всё, возьмут да в писаря отдадут; вот, мол, как, слышь ты, мальчишка!" Потом Семен Иванович успокоился, но, полежав часов пять, к величайшему и всеобщему изумлению, как будто надумался и вдруг опять, сначала один, а потом обращаясь к Зиновию Прокофьичу, начал его вновь укорять и стыдить. Но тем дело опять не кончилось, и повечеру, когда Марк Иванович и Преполовенко—жилец затеяли чай, пригласив к себе в товарищи писаря Океанова, Семен Иванович слез с постели своей, нарочно подсел к ним, дав свои двадцать или пятнадцать копеек, и под видом того, что захотел вдруг пить чаю, начал весьма пространно входить в материю и изъяснять, что бедный человек всего только бедный человек, а более ничего, а что, бедному человеку, ему копить не из чего. Тут господин Прохарчин даже признался, единственно потому, что вот теперь оно к слову пришлось, что он, бедный человек, еще третьего дня у него, дерзкого человека, занять хотел денег рубль, а что теперь не займет, чтоб не хвалился мальчишка, что вот, мол, как, а жалованье у меня—де такое, что и корму не купишь; и что, наконец, он, бедный человек, вот такой, как вы его видите, сам каждый месяц своей золовке по пяти рублей в Тверь отсылает, и что не отсылай он в Тверь золовке по пяти рублей в месяц, так умерла бы золовка, а если б умерла бы золовка—нахлебница, то Семен Иванович давно бы себе новую одежу состроил... И так долго и пространно говорил Семен Иванович о бедном человеке, о рублях и золовке, и повторял одно и то же для сильнейшего внушения слушателям, что наконец сбился совсем, замолчал и только три дня спустя, когда уже никто и не думал его задирать и все об нем позабыли, прибавил в заключение что—то вроде того, что когда Зиновий Прокофьич вступит в гусары, так отрубят ему, дерзкому человеку, ногу в войне и наденут ему вместо ноги деревяшку, и придет Зиновий Прокофьич и скажет: "Дай, добрый человек, Семен Иванович, хлебца!" — так не даст Семен Иванович хлебца и не посмотрит на буйного человека Зиновия Прокофьевича, и что вот, дескать, как, мол; поди—ка ты с ним.

Всё это, как и следовало тому быть, показалось весьма любопытным и вместе с тем страх как забавным. Долго не думая, все хозяйкины жильцы соединились для дальнейших исследований и, собственно из одного любопытства, решились наступить на Семена Ивановича гурьбою и окончательно. И так как господин Прохарчин в свое последнее время, то есть с

132

самых тех пор, как стал жить в компании, тоже чрезвычайно как полюбил обо всем узнавать, расспрашивать и любопытствовать, что, вероятно, делал для каких—то собственных тайных причин, то сношения обеих враждебных сторон начинались без всяких предварительных приготовлений и без тщетных усилий, но как будто случаем и сами собою. Для начатия сношений у Семена Ивановича был всегда в запасе свой особый, довольно хитрый, а весьма, впрочем, замысловатый маневр, частию уже известный читателю: слезет, бывало, с постели своей около того времени, как надо пить чай, и, если увидит, что собрались другие где-нибудь в кучку для составления напитка, подойдет к ним как скромный, умный и ласковый человек, даст свои законные двадцать копеек и объявит, что желает участвовать. Тут молодежь перемигивалась и, таким образом согласясь меж собой на Семена Ивановича, начинала разговор сначала приличный и чинный. Потом какой—нибудь повострее пускался, как будто ни в чем не бывал, рассказывать про разные новости, и чаще всего о материях лживых и совершенно неправдоподобных. То, например, что будто бы слышал кто—то сегодня, как его превосходительство сказали самому Демиду Васильевичу, что, по их мнению, женатые чиновники "выйдут" посолиднее неженатых и к повышению чином удобнее, ибо смирные и в браке значительно более приобретают способностей, и что потому он, то есть рассказчик, чтоб удобнее отличиться и приобрести, стремится как можно скорее сочетаться браком с какой—нибудь Февроньей Прокофьевной. То, например, что будто бы неоднократно замечено про разных иных из их братьи, что лишены они всякой светскости и хороших, приятных манер, а следовательно, и не могут нравиться в обществе дамам, и что потому, для искоренения сего злоупотребления, последует немедленно вычет у получающих жалованье и на складочную сумму устроится такой зал, где будут учить танцевать, приобретать все признаки благородства и хорошее обращение, вежливость, почтение к старшим, сильный характер, доброе, признательное сердце и разные приятные манеры. То, наконец, говорили, что будто бы выходит такое, что некоторые чиновники, начиная с самых древнейших, должны для того, чтоб немедленно сделаться образованными, какой—то экзамен по всем предметам держать и что, таким образом, прибавлял рассказчик, многое выйдет на чистую воду и некоторым господам придется положить свои карты на стол, — одним словом, рассказывались тысяча таких или тому подобных пренелепейших толков. Для вида все тотчас верили, принимали участие, расспрашивали, на себя смекали, а некоторые, приняв грустный вид, начинали покачивать головами и советов повсюду искать, как будто в том смысле, что, дескать, что же им будет делать, если их постигнет? Само собой разумеется, что и тот человек, который был бы гораздо менее добродушен и смирен, чем господин Прохарчин, смешался и запутался бы от такого всеобщего толка. Кроме того, по всем признакам можно совершенно безошибочно заключить, что Семен Иванович был чрезвычайно туп и туг на всякую новую, для его разума непривычную мысль и что, получив, например, какую—нибудь новость, всегда принужден был сначала ее как будто переваривать и пережевывать, толку искать, сбиваться и путаться и наконец разве одолевать ее, но и тут каким—то совершенно особенным, ему только одному свойственным образом... Открылись, таким образом в Семене Ивановиче вдруг разные любопытные и доселе не подозреваемые свойства... Пошли пересуды и говор, и всё это как было и с прибавлениями дошло наконец своим путем в канцелярию. Способствовало эффекту и то, что господин Прохарчин вдруг, ни с того ни с сего, быв с незапамятных времен почти всё в одном и том же лице, переменил физиономию: лицо стал иметь беспокойное, взгляды пугливые, робкие и немного подозрительные; стал чутко ходить, вздрагивать и прислушиваться и, к довершению всех новых качеств своих, страх как полюбил отыскивать истину. Любовь к истине довел он наконец до того, что рискнул раза два справиться о вероятности ежедневно десятками получаемых им новостей даже у самого Демида Васильевича, и если мы здесь умалчиваем о последствиях этой выходки Семена Ивановича, то не от чего иного, как от сердечного сострадания к его репутации. Таким образом, нашли, что он мизантроп и пренебрегает приличиями общества. Нашли потом, что много в нем фантастического, и тут тоже совсем не ошиблись, ибо неоднократно замечено было, что Семен Иванович иногда совсем забывается и, сидя на месте с разинутым ртом и поднятым в воздух пером, как будто застывший или окаменевший, походит более на тень разумного существа, чем на то же разумное существо. Случалось нередко, что какой—нибудь невинно зазевавшийся господин, вдруг встречая его беглый, мутный и чего—то ищущий взгляд, приходил в трепет, робел и немедленно ставил на нужной бумаге или жида, или какое—нибудь совершенно ненужное слово.

Неблагопристойность поведения Семена Ивановича смущала и оскорбляла истинно благородных людей... Наконец никто уже более не стал сомневаться в фантастическом направлении головы Семена Ивановича, когда, в одно прекрасное утро, пронесся по всей канцелярии слух, что господин Прохарчин испугал даже самого Демида Васильевича, ибо, встретив его в коридоре, был так чуден и странен, что принудил его отступить... Проступок Семена Ивановича дошел наконец и до него самого. Услышав о нем, он немедленно встал, бережно прошел между столами и стульями, достиг передней, собственноручно снял шинель, надел, вышел — и исчез на неопределенное время. Оробел ли он, влекло ль его что другое — не знаем, но ни дома, ни в канцелярии на время его не нашлось...

Мы не будем объяснять судьбы Семена Ивановича прямо фантастическим его направлением; но, однако ж, не можем не заметить читателю, что герой наш — человек несветский, совсем смирный и жил до того самого времени, как попал в компанию, в глухом, непроницаемом уединении, отличался тихостию и даже как будто таинственностью; ибо всё время последнего житья своего на Песках лежал на кровати за ширмами, молчал и сношений не держал никаких. Оба старые его сожителя жили совершенно так же, как он: оба были тоже как будто таинственны и тоже пятнадцать лет пролежали за ширмами. В патриархальном затишье тянулись один за другим счастливые, дремотные дни и часы, и так как всё вокруг тоже шло своим добрым чередом и порядком, то ни Семен Иванович, ни Устинья Федоровна ужи не помнили даже хорошенько, когда их и судьба—то свела. "А не то десять лет, не то уж пятнадцать, не то уж и все те же двадцать пять, — говорила она подчас своим новым жильцам, — как он, голубчик, у меня основался, согрей его душеньку". И потому весьма естественно, что пренеприятно был изумлен непривычный к компании герой нашей повести, когда, ровно год тому назад, очутился он, солидный и скромный, вдруг посреди шумливой и беспокойной ватаги целого десятка молодых ребят, своих новых сожителей и товарищей.

Исчезновение Семена Ивановича наделало немалой суматохи в углах. Одно то, что он был фаворит; во—вторых же, паспорт его, бывший под сохранением хозяйки, оказался на ту пору ненароком затерянным. Устинья Федоровна взвыла, — к чему прибегала во всех критических случаях; ровно два дня корила, поносила жильцов; причитала, что загоняли у ней

135

жильца, как цыпленка, и что сгубили его "всё те же злые надсмешники", а на третий выгнала всех искать и добыть беглеца во что бы ни стало, живого иль мертвого. Повечеру пришел первый писарь Судьбин и объявил, что след отыскался, что видел он беглеца на Толкучем и по другим местам, ходил за ним, близко стоял, но говорить не посмел, а был неподалеку от него и на пожаре, когда загорелся дом в Кривом переулке. Полчаса спустя явились Океанов и Кантарев—разночинец, подтвердили Судьбина слово в слово: тоже недалеко стояли, близко, всего только в десяти шагах от него ходили, но говорить опять не посмели, а заметили оба, что ходил Семен Иванович с попрошайкой—пьянчужкой. Собрались наконец и остальные жильцы и. внимательно выслушав, решили, что Прохарчин должен быть теперь недалеко и не замедлит прийти; но что они и прежде все знали, что ходит он с попрошайкой—пьянчужкой. Попрошайка—пьянчужка был человек совсем скверный, буйный и льстивый, и по всему было видно, что он как—нибудь там обольстил Семена Ивановича. Явился он ровно за неделю до исчезновения Семена Ивановича, вместе с Ремневым—товарищем, приживал малое время в углах, рассказал, что страдает за правду, что прежде служил по уездам, что наехал на них ревизор, что пошатнули как—то за правду его и компанию, что явился он в Петербург и пал в ножки к Порфирию Григорьевичу, что поместили его, по ходатайству, в одну канцелярию, но что, по жесточайшему гонению судьбы упразднили его и отсюда, затем что уничтожилась сама канцелярия, получив изменение; а в преобразовавшийся новый штат чиновников его не приняли, сколько по прямой неспособности к служебному делу, столько и по причине способности к одному другому, совершенно постороннему делу, — вместе же со всем этим за любовь к правде и, наконец, по козням врагов. Кончив историю, в продолжение которой господин Зимовейкин неоднократно лобызал своего сурового и небритого друга Ремнева, он поочередно поклонился всем бывшим в комнате в ножки, не забыв и Авдотью—работницу, назвал их всех благодетелями и объяснил, что он человек недостойный, назойливый, подлый, буйный и глупый, а чтоб не взыскали добрые люди на его горемычной доле и простоте. Испросив покровительства, господин Зимовейкин оказался весельчаком, стал очень рад, целовал у Устиньи Федоровны ручки, несмотря на скромные уверения ее, что рука у ней подлая, не дворянская, а к вечеру обещал всему обществу показать свой талант в одном замечательном характерном танце. Но назавтра же дело его окончилось плачевной развязкой. Иль оттого, что характерный танец оказался уж слишком характерным, иль оттого, что он Устинью Федоровну, по словам ее, как—то "опозорил и опростоволосил, а ей к тому же сам Ярослав Ильич знаком, и если б захотела она, то давно бы сама была обер—офицерской женой", — только Зимовейкину пришлось уплывать восвояси. Он ушел, опять воротился, был опять с бесчестием изгнан, втерся потом во внимание и милость Семена Ивановича, лишил его мимоходом новых рейтуз и наконец явился теперь опять в качестве обольстителя Семена Ивановича.

Лишь только хозяйка узнала, что Семен Иванович был жив и здоров и что паспорта искать теперь нечего, то немедленно оставила горевать и пошла успокоиться. Тем временем кое—кто из жильцов решились сделать торжественный прием беглецу: испортили задвижку и отодвинули ширмы от кровати пропавшего, немножко поизмяли постель, взяли известный сундук, поместили его на кровати в ногах, а на кровать положили золовку, то есть куклу, форму, сделанную из старого хозяйкина платка, чепца и салопа, но только совершенно наподобие золовки, так что можно было совсем обмануться. Кончив работу, стали ждать, с тем чтоб, по прибытии Семена Ивановича, объявить ему, что пришла из уезда золовка и поместилась у него за ширмами, бедная. Но ждали—ждали, ждали—ждали... Уже в ожидании Марк Иванович прометал и проставил полмесячное жалованье Преполовенке и Кантареву — жильцам; уже весь нос покраснел и вспух у Океанова за игрой в носки и в три листика; уже Авдотья—работница почти совсем выспалась и два раза собиралась вставать, дрова таскать, печку топить, и весь до нитки промок Зиновий Прокофьевич, поминутно выбегая во двор наведываться о Семене Ивановиче; но не явилось еще никого — ни Семена Ивановича, ни попрошайки—пьянчужки. Наконец все спать полегли, оставив на всякий случай золовку за ширмами; и только в четыре часа раздался стук у ворот, но зато такой сильный, что совершенно вознаградил ожидавших за все тяжкие труды, ими понесенные. Это был он, он самый, Семен Иванович, господин Прохарчин, но только в таком положении, что все ахнули и никому и в мысль не пришло о золовке. Пропавший явился без памяти— Его ввели или, лучше сказать, внес его на плечах весь измокший и издрогший, оборванный ночной ванька—извозчик. На вопрос хозяйки, где же он так, горемычный, наклюкался, ванька отвечал: "Да не пьян, и маковой не было; это уж тебя заверяю, а, верно, так. омрак нашел, или столбняком, как там ни есть, прихватило, или, може, кондрашка* {*Удар} пришиб". Стали рассматривать, для удобства прислонив виноватого к печке, и увидели, что действительно хмелю тут не было, да и кондрашка не трогал, а был другой какой ни есть грех, затем что Семен Иванович и языком не ворочал, а как будто судорогой его какой дергало, и только хлопал глазами, в недоумении установляясь то на того, то на другого ночным образом костюмированного зрителя. Стали потом спрашивать ваньку, отколева взял? "Да от каких— то, — отвечал он, — из Коломны, шут их знает, господа не господа, а гулявшие, веселые господа; так—таки вот такого и сдали; подрались они, что ли, или судорогой какой его передернуло, бог знает какого тут было; а господа веселые, хорошие!" Взяли Семена Ивановича, приподняли на пару— другую дюжих плеч и снесли на кровать. Когда же Семен Иванович, помещаясь на постель, ощупал собою золовку и упер ноги в свой заветный сундук, то вскрикнул благим матом, уселся почти на корячки, и весь дрожа и трепеща, загреб и заместил сколько мог руками и телом пространства на своей кровати, тогда как, трепещущим, но странно—решительным взором окидывая присутствующих, казалось, изъяснял, что скорее умрет, чем уступит кому—нибудь хоть сотую капельку из бедной своей благостыни...

Семен Иванович пролежал дня два или три, плотно обставленный ширмами и отделенный таким образом от всего божьего света и всех напрасных его треволнений. Как следует, назавтра же все о нем позабыли; время летело меж тем своим чередом, часы сменялись часами, день другим. Полусон, полубред налегли на отяжелевшую, горячую голову больного; но он лежал смирно, не стонал и не жаловался; напротив, притих, молчал и крепился, приплюснув себя к постели своей, словно как заяц припадает от страха к земле, заслышав охоту. Порой наставала в квартире долгая, тоскливая тишина, — знак, что все жильцы удалялись по должности, и просыпавшийся Семен Иванович мог сколько угодно развлекать тоску свою, прислушиваясь к близкому шороху в кухне, где хлопотала хозяйка, или к мерному отшлепыванию стоптанных башмаков Авдотьи—работницы по всем комнатам, когда она, охая и кряхтя, прибирала, притирала и приглаживала во всех углах для порядка. Целые часы проходили таким образом, дремотные, ленивые, сонливые, скучные, словно вода, стекавшая звучно и мерно в кухне с залавка в лохань. Наконец приходили жильцы, поочередно или кучками, и Семен Иванович очень удобно мог слышать, как они бранили погоду, хотели есть, как шумели, курили, бранились, дружились, играли в карты и стучали чашками. собираясь пить чай. Семен Иванович машинально делал усилие привстать и присоединиться законным образом для составления напитка, но тут же впадал в усыпление и грезил, что уже давно сидит за чайным столом, участвует и беседует и что Зиновий Прокофьевич успел уже. пользуясь случаем, вклеить в разговор какой—то проект о золовках и о нравственном отношении к ним различных хороших людей. Тут Семен Иванович поспешил было оправдаться и возразить, но разом слетевшая со всех языков могуче—форменная фраза "неоднократно замечено" окончательно осекла все его возражения, и Семен Иванович ничего не мог придумать лучшего, как начать снова грезить о том, что сегодня первое число и что он получает целковики в своей канцелярии. Развернув бумажку на лестнице, он быстро оглянулся кругом и поспешил как можно скорее отделить целую половину из законного возмездия, им полученного, и припрятать эту половину в сапог, потом, тут же на лестнице и вовсе не обращая внимания на то, что действует на своей постели, во сне, решил, пришед домой, немедленно воздать что следует за харчи и постой хозяйке своей, потом накупить кой—чего необходимого и показать кому следует, как будто без намерения и нечаянно, что подвергся вычету, что остается ему и всего ничего и что вот и золовке—то послать теперь нечего, причем погоревать тут же о золовке, много говорить о ней завтра и послезавтра, и дней через десять еще повторить мимоходом об ее нищете, чтоб не забыли товарищи. Решив таким образом, он увидел, что и Андрей Ефимович, тот самый маленький, вечно молчаливый лысый человечек, который помещался в канцелярии за целые три комнаты от места сиденья Семена Ивановича и в двадцать лет не сказал с ним ни слова, стоит тут же на лестнице, тоже считает свои рубли серебром и, тряхнув головою, говорит ему: "Денежки—с! Их не будет, и каши не будет—с, — сурово прибавляет он, сходя с лестницы, и уже на крыльце заключает, — а у меня, сударь, семеро—с". Тут лысый человечек, тоже, вероятно, нисколько не замечая, что действует как призрак, а вовсе не наяву и в действительности, показал ровно аршин с вершком от полу и, махнув рукой в нисходящей линии, пробормотал, что старший ходит в гимназию; затем, с негодованием взглянув на Семена Ивановича, как будто бы именно господин Прохарчин виноват был в том, что у него целых семеро, нахлобучил на глаза свою шляпенку, тряхнул шинелью, поворотил налево и скрылся. Семен Иванович весьма испугался, и хотя был совершенно уверен в невинности своей насчет неприятного стечения числа семерых под одну кровлю, но на деле как будто бы именно так выходило, что виноват не кто другой, как Семен Иванович. Испугавшись, он принялся бежать, ибо показалось ему, что лысый господин воротился, догоняет его и хочет, обшарив, отнять всё возмездие, опираясь на свое неотъемлемое число семерых и решительно отрицая всякое возможное отношение каких бы то ни было золовок к Семену Ивановичу. Господин Прохарчин бежал, бежал, задыхался... рядом с ним бежало тоже чрезвычайно много людей, и все они побрякивали своими возмездиями в задних карманах своих кургузых фрачишек; наконец весь народ побежал, загремели пожарные трубы, и целые волны народа вынесли его почти на плечах на тот самый пожар, на котором он присутствовал в последний раз вместе с попрошайкой—пьянчужкой. Пьянчужка, — иначе господин Зимовейкин, — находился уже там, встретил Семена Ивановича, страшно захлопотал, взял его за руку и повел в самую густую толпу. Так же как и тогда наяву, кругом них гремела и гудела необозримая толпа народа, запрудив меж двумя мостами всю набережную Фонтанки, все окрестные улицы и переулки; так же как и тогда, вынесло Семена Ивановича вместе с пьянчужкой за какой—то забор, где притиснули их, как в клещах, на огромном дровяном дворе, полном зрителями, собравшимися с улиц, с Толкучего рынка и из всех окрестных домов, трактиров и кабаков. Семен Иванович видел всё так же и по—тогдашнему чувствовал; в вихре горячки и бреда начали мелькать перед ним разные странные лица. Он припомнил из них кой—кого. Один был тот самый, чрезвычайно внушавший всем господин, в сажень ростом и с аршинными усищами, помещавшийся во время пожара за спиной Семена Ивановича и задававший сзади ему поощрения, когда наш герой, с своей стороны, почувствовав нечто вроде восторга, затопал ножонками, как будто желая таким образом аплодировать молодецкой пожарной работе, которую совершенно видел с своего возвышения. Другой — тот самый дюжий парень, от которого герой наш приобрел тумака в виде подсадки на другой забор, когда было совсем расположился лезть через него, может быть, кого—то спасать. Мелькнула перед ним и фигура того старика с геморроидальным лицом, в ветхом, чем—то подпоясанном ватном халатишке, отлучившегося было еще до пожара в лавочку за сухарями и табаком своему жильцу и пробивавшегося теперь, с молочником и с четверкой в руках, сквозь толпу, до дома, где горели у него жена, дочка и тридцать с полтиною денег в углу под периной. Но всего внятнее явилась ему та бедная, грешная баба, о которой он уже не раз грезил во время болезни своей, — представилась так, как была тогда — в лаптишках, с костылем, с плетеной котомкой за спиною и в рубище. Она кричала громче пожарных и народа, размахивая костылем и руками, о том, что выгнали ее откуда—то дети родные и что пропали при сем случае тоже два пятака. Дети и пятаки, пятаки и дети вертелись на ее языке в непонятной, глубокой бессмыслице, от которой все отступились после тщетных усилий понять; но баба не унималась, всё кричала, выла, размахивала руками, не обращая, казалось, никакого внимания ни на пожар, на который занесло ее народом с улицы, ни на весь люд—людской, около нее бывший, ни на чужое несчастие, ни даже на головешки и искры, которые уже начали было пудрить весь около стоявший народ. Наконец господин Прохарчин почувствовал, что на него начинает нападать ужас; ибо видел ясно, что всё это как будто неспроста теперь делается и что даром ему не пройдет. И действительно, тут же недалеко от него взмостился на дрова какой—то мужик, в разорванном, ничем не подпоясанном армяке, с опаленными волосами и бородой, и начал подымать весь божий народ на Семена Ивановича. Толпа густела—густела, мужик кричал, и, цепенея от ужаса, господин Прохарчин вдруг припомнил, что мужик — тот самый извозчик, которого он ровно пять лет назад надул бесчеловечнейшим образом, скользнув от него до расплаты в сквозные ворота и подбирая под себя на бегу свои пятки так, как будто бы бежал босиком по раскаленной плите. Отчаянный господин Прохарчин хотел говорить, кричать, но голос его замирал. Он чувствовал, как вся разъяренная толпа обвивает его, подобно пестрому змею, давит, душит. Он сделал невероятное усилие и — проснулся. Тут он увидел, что горит, что горит весь его угол, горят его ширмы, вся квартира горит, вместе с Устиньей Федоровной и со всеми ее постояльцами, что горит его кровать, подушка, одеяло, сундук и, наконец, его драгоценный тюфяк. Семен Иванович вскочил, вцепился в тюфяк и побежал, волоча его за собою. Но в хозяйкиной комнате, куда было забежал наш герой так, как был, без приличия, босой и в рубашке, его перехватили, скрутили и победно снесли обратно за ширмы, которые между прочим, совсем не горели, а горела скорее голова Семена Ивановича, — и уложили в постель. Подобно тому укладывает в свой походный ящик оборванный, небритый и суровый артист—шарманщик своего пульчинеля, набуянившего, переколотившего всех, продавшего душу черту и наконец

141

оканчивающего существование свое до нового представления в одном сундуке вместе с тем же чертом, с арапами, с Петрушкой, с мамзель Катериной и счастливым любовником ее, капитаном—исправником.

Немедленно все обступили Семена Ивановича, старый и малый, поместившись рядком вокруг его кровати и устремив на больного полные ожидания лица. Между тем он очнулся, но, от совести ль, или иного чего, начал вдруг изо всех сил натягивать на себя одеяло, желая, вероятно, укрыться под ним от внимания сочувствователей. Наконец Марк Иванович первый прервал молчание и, как умный человек, начал весьма ласково говорить, что Семену Ивановичу нужно совсем успокоиться, что болеть скверно и стыдно, что так делают только дети маленькие, что нужно выздоравливать, а потом и служить. Окончил Марк Иванович шуточкой, сказав, что больным не означен еще вполне оклад жалованья, и так как он твердо знает, что и чины идут весьма небольшие, то, по его разумению, по крайней мере такое звание или состояние не приносит больших, существенных выгод. Одним словом, видно было, что все принимали действительное участие в судьбе Семена Ивановича и весьма сердобольничали. Но он с непонятною грубостью продолжал лежать на кровати, молчать и упорно всё более и более натягивать на себя одеяло. Марк Иванович, однако, не признал себя побежденным и, скрепив сердце, сказал опять что—то очень сладенькое Семену Ивановичу, зная, что так и должно поступать с больным человеком; но Семен Иванович не хотел и почувствовать; напротив, промычал что—то сквозь зубы с самым недоверчивым видом и вдруг начал совершенно неприязненным образом косить исподлобья направо и налево глазами, казалось, желая взглядом своим обратить в прах всех сочувствователей. Тут уж нечего было останавливаться: Марк Иванович не вытерпел и, видя, что человек просто дал себе слово упорствовать, оскорбясь и рассердившись совсем, объявил напрямки и уже без сладких околичностей, что пора вставать, что лежать на двух боках нечего, что кричать днем и ночью о пожарах, золовках, пьянчужках, замках, сундуках и черт знает об чем еще — глупо, неприлично и оскорбительно для человека, ибо если Семен Иванович спать не желает, так чтобы другим не мешал и чтоб он, наконец, это всё изволил намотать себе на ус. Речь произвела свое действие, ибо Семен Иванович, немедленно обернувшись к оратору, с твердостью объявил, хотя еще слабым и хриплым голосом, что "ты, мальчишка, молчи! празднословный ты человек, сквернослов

142

ты! слышь, каблук! князь ты, а? понимаешь штуку?" Услышав такое, Марк Иванович вспылил, но, заметив, что действует с больным человеком, великодушно перестал обижаться, а, напротив, попробовал его пристыдить, но осекся и тут; ибо Семен Иванович сразу заметил, что шутить с собой не позволит, даром что Марк Иванович стихи сочинил. Последовало двухминутное молчание, наконец, опомнившись от своего изумления, Марк Иванович прямо, ясно, весьма красноречиво, хотя не без твердости, объявил, что Семен Иванович должен знать, что он меж благородных людей и что, "милостивый государь, должны понимать, как поступают с благородным лицом". Марк Иванович умел при случае красноречиво сказать и любил внушить своим слушателям. С своей стороны, Семен Иванович говорил и поступал, вероятно от долгой привычки молчать, более в отрывистом роде, и кроме того, когда, например, случалось ему вести долгую фразу, то, по мере углубления в нее, каждое слово, казалось, рождало еще по другому слову, другое слово, тотчас при рождении, по третьему, третье по четвертому и т. д., так что набивался полон рот, начиналась перхота, и набивные слова принимались наконец вылетать в самом живописном беспорядке. Вот почему Семен Иванович, будучи умным человеком, говорил иногда страшный вздор. "Врешь ты, —отвечал он теперь, — детина, гулявый ты парень! а вот как наденешь суму, — побираться пойдешь; ты ж вольнодумец, ты ж потаскун; вот оно тебе, стихотворец!"

— Да вы это всё еще бредите, что ли, Семен Иванович?

— А, слышь, — отвечал Семен Иванович, — бредит дурак, пьянчужка бредит, пес бредит, а мудрый благоразумному служит. Ты, слышь, дела ты не знаешь, потаскливый ты человек, ученый ты, книга ты писаная! А вот возьмешь, сгоришь, так не заметишь, как голова отгорит, вот, слышал историю?!

— Да... то есть как же... то есть как же вы это говорите, Семен Иванович, что голова отгорит?..

Марк Иванович и не докончил, ибо все увидели ясно, что Семен Иванович еще не отрезвился и бредит; но хозяйка не вытерпела и тут же заметила, что дом в Кривом переулке ономнясь от лысой девки сгорел; что лысая девка там такая была; она свечку зажгла и чулан запалила; а у ней не случится, и что в углах будет цело.

— Да ведь, Семен Иванович! — закричал вне себя Зиновий Прокофьевич, перебивая хозяйку.— Семен Иванович, такой вы, сякой, прошедший вы, простой человек, шутки тут, что ли, с вами шутят теперь про вашу золовку или экзамены с танцами? так оно, что ли? Этак вы думаете?

— Ну, слышь ты теперь, — отвечал наш герой, приподымаясь с постели, собрав последние силы и вконец озлясь на сочувствователей, — шут кто? Ты шут, пес шут, шутовской человек, а шутки делать по твоему, сударь, приказу не буду; слышь, мальчишка, не твой, сударь, слуга!

Тут Семен Иванович хотел еще что—то сказать, но в бессилии упал на постель. Сочувствователи остались в недоумении, все разинули рты, ибо смекнули теперь, во что Семен Иванович ногой ступил, и не знали с чего начать; вдруг дверь в кухне скрипнула, отворилась и пьянчужка—приятель, — иначе господин Зимовейкин, — робко просунул голову, осторожно обнюхивая, по своему обычаю, местность. Его точно ждали; все разом замахали ему чтоб шел поскорее, и Зимовейкин, чрезвычайно обрадовавшись, не снимая шинели, поспешно и в полной готовности протолкался к постели Семена Ивановича.

Видно было, что Зимовейкин провел всю ночь в бдении и в каких—то важных трудах. Правая сторона его лица была чем—то заклеена; опухшие веки были влажны от гноившихся глаз; фрак и всё платье было изорвано, причем вся левая сторона одеяния была как будто опрыскана чем—то крайне дурным, может быть грязью из какой—нибудь лужи. Под мышкой у него была чья—то скрипка, которую он куда—то нес продавать. По—видимому, не ошиблись, призвав его на помощь, ибо тотчас, узнав, в чем вся сила, обратился он к накуролесившему Семену Ивановичу и с видом такого человека, который имеет превосходство и, сверх того, знает штуку, сказал: "Что ты, Сенька? вставай! что ты, Сенька, Прохарчин—мудрец, благоразумию послужи! Не то стащу, если куражиться будешь; не куражься!" Такая краткая, но сильная речь удивила присутствующих; еще более все удивились, когда заметили, что Семен Иванович, услышав всё это и увидав перед собою такое лицо, до того оторопел и пришел в смущение и робость, что едва—едва и только сквозь зубы, шепотом, решился пробормотать необходимое возражение. "Ты, несчастный, ступай, — сказал он, —ты, несчастный, вор ты! слышь, понимаешь? туз ты, князь, тузовый ты человек!"

— Нет, брат, — протяжно отвечал Зимовейкин, сохраняя всё присутствие духа, — нехорошо, ты, брат—мудрец, Прохарчин, прохарчинский ты человек! — продолжал Зимовейкин, немного пародируя Семена Ивановича и с удовольствием озираясь кругом.— Ты не куражься! Смирись,

Сеня, смирись, не то донесу, всё, братец ты мой, расскажу, понимаешь?

Кажется, Семен Иванович всё разобрал, ибо вздрогнул, когда выслушал заключение речи, и вдруг начал быстро и с совершенно потерянным видом озираться кругом. Довольный эффектом, господин Зимовейкин хотел продолжать, но Марк Иванович тотчас же предупредил его рвение и, выждав время пока Семен Иванович притих, присмирел и почти совсем успокоился, начал долго и благоразумно внушать беспокойному, что "питать подобные мысли, как у него теперь в голове, во—первых, бесполезно, во—вторых, не только бесполезно, во—вторых не только бесполезно, но даже и вредно; наконец, не столько вредно, сколько даже совсем безнравственно; и причина тому та, что Семен Иванович всех в соблазн вводит и дурной пример подает". От такой речи все ожидали благоразумного следствия. К тому же Семен Иванович был теперь совсем тих и возражал умеренно. Начался скромный спор. Адресовались к нему братски, осведомляясь, чего он так заробел? Семен Иванович ответил, но иносказательно. Ему возразили; Семен Иванович возразил. Возразили еще по разу с обеих сторон, а потом уж вмешались все, и старый и малый, ибо речь началась вдруг о таком дивном и странном предмете, что решительно не знали, как это всё выразить. Спор наконец дошел до нетерпения, нетерпение до криков, крики даже до слез, и Марк Иванович отошел наконец с пеной бешенства у рта, объявив, что не знал до сих пор такого гвоздя—человека. Оплеваниев плюнул, Океанов перепугался, Зиновий Прокофьевич прослезился, а Устинья Федоровна завыла совсем, причитая, что "уходит жилец и рехнулся, что умрет он, млад, без паспорта, не скажется, а она сирота, и что ее затаскают". Одним словом, все наконец увидели ясно, что посев был хорош, что всё, что ни вздумалось сеять, сторицею взошло, что почва была благодатная и что Семену Ивановичу удалось отработать в их компании свою голову на славу и на самый безвозвратный манер. Все замолчали, ибо если видели, что Семен Иванович от всего заробел, то на этот раз заробели и сами сочувствователи...

— Как! — закричал Марк Иванович, — да чего ж вы боитесь—то! чего ж вы ряхнулись—то? Кто об вас думает, сударь вы мой? Имеете ли право бояться—то? Кто вы? Что вы? Нуль, сударь, блин круглый, вот что! Что вы стучите—то? Бабу на улице придавило, так и вас переедет? пьяница какой—нибудь карман не сберег, так и вам фалды отрежут? Дом сгорел, так и у вас голова отгорит, а? Так, что ли, сударь? Так ли, батюшка? так ли?

— Ты, ты, ты глуп! — бормотал Семен Иванович.— Нос отъедят, сам с хлебом съешь, не заметишь...

— Каблук, пусть каблук, — кричал Марк Иванович, не вслушавшись, — каблуковый я человек, пожалуй. Да ведь мне не экзамен держать, не жениться, не танцам учиться; подо мной, сударь, место не сломится. Что, батюшка? Так вам и места широкого нет? Пол там под вами провалится, что ли?

— А что? тебя, что ли, спросят? Закроют, и нет.

— Нет. Что закроют? Что там еще у вас, а?

— А вот пьянчужку ссадили...

— Ссадили; да ведь то же пьянчужка, а вы да я человек!

— Ну, человек. А она стоит, да и нет...

— Нет! Да кто она—то?

— Да она, канцелярия... кан—це—ля—рия!!!

— Да, блаженный вы человек! да ведь она нужна, канцелярия—то...

— Она нужна, слышь ты; и сегодня нужна, завтра нужна, а вот послезавтра как—нибудь там и не нужна. Вот, слышал историю...

— Да ведь вам жалованье ж дадут годовое! Фома, Фома вы такой, неверный вы человек! по старшинству в ином месте уважат...

— Жалованье? А я вот проел жалованье, воры придут, деньги возьмут; а у меня золовка, слышь ты? золовка! гвоздырь ты...

— Золовка! человек вы...

— Человек; а я человек, а ты, начитанный, глуп; слышь, гвоздырь, гвоздыревый ты человек, вот что! А я не по шуткам твоим говорю; а оно место такое есть, что возьмет да и уничтожается место. И Демид, слышь ты, Демид Васильевич говорит, что уничтожается место...

— Ах вы, Демид, Демид! греховодник, да ведь...

— Да, хлоп, да и баста, и будешь без места; поди ты с ним, вот...

— Да вы, наконец, просто врете или ряхнулись совсем! Вы нам просто скажите; уж что? признайтесь, коль грех такой есть! стыдиться—то нечего! ряхнулся, батюшка, а?

— Ряхнулся! с ума сошел! — раздалось кругом, и все ломали руки с отчаяния, а Марка Ивановича уже обхватила в обе руки хозяйка, затем чтоб он не растерзал как—нибудь Семена Ивановича.

— Язычник ты, языческая ты душа, мудрец ты! — умолял

146

Зимовейкин.— Сеня, необидчивый ты человек, миловидный, любезный! ты прост, ты добродетельный... слышал? Это от добродетели твоей происходит; а буйный и глупый—то я, побирушка—то я; а вот же добрый человек меня не оставил небось; честь, вишь, делают; вот им и хозяйке спасибо; видишь ты, вот и поклон земной правлю, вот оно, вот; долг, долг исправляю, хозяюшка! — Тут действительно Зимовейкин и даже с каким—то педантским достоинством исполнил кругом свой поклон до земли. После того Семен Иванович хотел было опять продолжать говорить, но в этот раз ему уже не дали; все вступились, стали его умолять, заверять, утешать и достигли того, что Семен Иванович даже устыдился совсем и наконец слабым голосом попросил объясниться.

— Да вот; оно хорошо, — сказал он, — миловидный я, смирный, слышь, и добродетелен, предан и верен; кровь, знаешь, каплю последнюю, слышь ты, мальчишка, туз... пусть оно стоит, место—то; да я ведь бедный; а вот как возьмут его, слышь ты, тузовый, — молчи теперь, понимай, — возьмут, да и того... оно, брат, стоит, а потом и не стоит... понимаешь? а я, брат, и с сумочкой, слышь ты?

— Сенька! — завопил в исступлении Зимовейкин, покрывая в этот раз голосом весь поднявшийся шум.— Вольнодумец ты! Сейчас донесу! Что ты? кто ты? буян, что ли, бараний ты лоб? Буйному, глупому, слышь ты, без абшида с места укажут; ты кто?!

— Да вот оно и того...

— Что того?! Да вот, поди ты с ним!..

328

— Что поди ты с ним?

— Да вот он вольный, я вольный; а как лежишь—лежишь, и того...

— Чего?

— Ан и вольнодумец...

— Воль—но—ду—мец! Сенька, ты вольнодумец!!

— Стой! — закричал господин Прохарчин, махнув рукою и прерывая начавшийся крик.— Я не того... Ты пойми, ты пойми только, баран ты: я смирный, сегодня смирный, завтра смирный, а потом и несмирный, сгрубил; пряжку тебе, и пошел вольнодумец!..

— Да что ж вы? — прогремел наконец Марк Иванович, вскочив со стула, на котором было сел отдохнуть, и подбежав к кровати весь в волнении, в исступлении, весь дрожа от досады и бешенства, — что ж вы? баран вы! ни кола, ни двора. Что вы, один, что ли, на свете? для вас свет, что ли, сделан? Наполеон вы, что ли, какой? что вы? кто вы? Наполеон вы, а? Наполеон или нет?! Говорите же, сударь, Наполеон или нет?..

Но господин Прохарчин уже и не отвечал на этот вопрос. Не то чтоб устыдился, что он Наполеон, или струсил взять на себя такую ответственность, — нет, он уж и не мог более ни спорить, ни дела говорить... Последовал болезненный кризис. Дробные слезы хлынули вдруг из его блистающих лихорадочным огнем серых глаз. Костлявыми, исхудалыми от болезни руками закрыл он свою горячую голову, приподнялся на кровати и, всхлипывая, стал говорить, что он совсем бедный, что он такой несчастный, простой человек, что он глупый и темный, чтоб простили ему добрые люди, сберегли, защитили, накормили б, напоили его, в беде не оставили, и бог знает что еще причитал Семен Иванович. Причитая же, он с диким страхом глядел кругом, как будто ожидая, что вот—вот сейчас потолок упадет или пол провалится. Всем стало жалко, глядя на бедного, и у всех умягчились сердца. Хозяйка, рыдая, как баба, и причитая про свое сиротство, сама уложила больного в постель. Марк Иванович, видя бесполезность трогать Наполеонову память, тоже немедленно впал в добродушие и начал тоже оказывать помощь. Другие, чтоб что—нибудь в свою очередь сделать, предложили малинный настой, говоря, что он немедленно и от всего помогает и что будет очень приятен больному; но Зимовейкин тотчас же всех опровергнул, включив, что в таком деле нет лучше доброго приема какой—нибудь ромашки забористой. Что же касается до Зиновья Прокофьевича, то, имея доброе сердце, он рыдал и заливался слезами, раскаиваясь, что пугал Семена Ивановича разными небылицами, и, вникнув в последние слова больного, что он совсем бедный и чтоб его накормили, пустился созидать подписку, ограничиваясь ею покамест в углах. Все охали и ахали, всем было и жалко и горько, и все меж тем дивились, что вот как же это таким образом мог совсем заробеть человек? И из чего ж заробел? Добро бы был при месте большом, женой обладал, детей поразвел; добро б его там под суд какой ни есть притянули; а то ведь и человек совсем дрянь, с одним сундуком и с немецким замком, лежал с лишком двадцать лет за ширмами, молчал, свету и горя не знал, скопидомничал, и вдруг вздумалось теперь человеку, с пошлого, праздного слова какого—нибудь, совсем перевернуть себе голову, совсем забояться о том, что на свете вдруг стало жить тяжело... А и не рассудил человек, что и всем тяжело! "Прими он вот только это в расчет, — говорил потом Океанов, — что вот всем тяжело, так сберег бы человек свою голову, перестал бы куролесить и

148

потянул бы свое кое—как куда следует". Целый день только и толку было, что о Семене Ивановиче. Приходили к нему, справлялись о нем, утешали его; но к вечеру ему стало не до утешений. Открылся у бедного бред, жар; впал он в беспамятство, так что чуть было уж не хотели пуститься за доктором; жильцы все согласились и дали себе взаимное слово охранять и упокоивать Семена Ивановича поочередно всю ночь, и что случится, то всех будить разом. С этою целью, чтоб не заснуть, засели в картишки, приставив к больному пьянчужку—приятеля, который квартировал весь день в углах, у постели больного, и попросился заночевать. Так как игра велась на мелок и не представляла совсем интереса, то скоро соскучились. Игру бросили, потом о чем—то заспорили, потом начали шуметь и стучать, наконец разошлись по углам, долго еще в сердцах перекликались и переговаривались, и так как вдруг все стали сердиты, то уж не захотели дежурить и заснули. Скоро в углах стало тихо, как в пустом погребе, тем более что был холод ужаснейший. Из последних заснувших был Океанов, "и не то, — как говорил он потом, — во сне, не то было оно наяву, но привиделось мне, что близ меня, этак перед самым утренним часом, разговаривали два человека". Океанов рассказывал, что он узнал Зимовейкина и что Зимовейкин стал возле него будить старого друга Ремнева, что они долго шепотом говорили; потом Зимовейкин вышел, и слышно было, как он пытался отпереть в кухне дверь ключом. Ключ же, уверяла потом хозяйка, лежал у нее под подушками и пропал в эту ночь. Наконец, показывал Океанов, слышалось ему, как будто оба они пошли к больному за ширмы и засветили там свечку. Более, говорит, ничего не знаю, глаза завело; а проснулся потом вместе со всеми, когда все, кто ни были в углах, разом повскочили с постелей, затем что за ширмами раздался такой крик, что встрепенулся бы мертвый, — и тут многим показалось, что вдруг там же свечка потухла. Поднялась суматоха; у всех сердце упало; бросились как ни попало на крик, но в это время за ширмами поднялась возня, крик, брань и драка. Вздули огонь и увидели, что дерутся друг с другом Зимовейкин и Ремнев, что оба друг друга корят и ругают, а как осветили их, то один закричал: "Не я, а разбойник!", а другой, именно Зимовейкин, закричал: "Не трожь, неповинен; сейчас присягну!" На обоих образа не было человеческого; но в первую минуту не до них было дело: больного не оказалось на прежнем месте за ширмами. Тотчас же разлучили бойцов, оттащили их и увидели, что господин Прохарчин лежит под кроватью, должно быть в совершенном беспамятстве, стащив на себя и одеяло и подушку, так что на кровати оставался один только голый, ветхий и масляный тюфяк (простыни же на нем никогда не бывало.) Вытащили Семена Ивановича, протянули его на тюфяк, но сразу заметили, что много хлопотать было нечего, что капут совершенный; руки его костенеют, а сам еле держится. Стали над ним: он всё еще помаленьку дрожал и трепетал всем телом, что—то силился сделать руками, языком не шевелил, но моргал глазами совершенно подобным образом, как, говорят, моргает вся еще теплая, залитая кровью и живущая голова, только что отскочившая от палачова топора.

Наконец всё стало тише и тише; замерли и предсмертный трепет и судороги; господин Прохарчин протянул ноги и отправился по своим добрым делам и грехам. Испугался ли Семен Иванович чего, сон ли ему приснился такой, как потом Ремнев уверял, или был другой какой грех — неизвестно; дело только в том, что хотя бы теперь сам экзекутор явился в квартире и лично за вольнодумство, буянство и пьянство объявил бы абшид Семену Ивановичу, если б даже теперь в другую дверь вошла какая ни есть попрошайка—салопница, под титулом золовки Семена Ивановича, если б даже Семен Иванович тотчас получил двести рублей награждения или дом, наконец, загорелся и начала гореть голова на Семене Ивановиче, он, может быть, и пальцем не удостоил бы пошевелить теперь при подобных известиях. Покамест сошел первый столбняк, покамест присутствующие обрели дар слова и бросились в суматоху, предположения, сомнения и крики, покамест Устинья Федоровна тащила из—под кровати сундук, обшаривала впопыхах под подушкой, под тюфяком и даже в сапогах Семена Ивановича, покамест принимали в допрос Ремнева с Зимовейкиным, жилец Океанов, бывший доселе самый недальний, смиреннейший и тихий жилец, вдруг обрел всё присутствие духа, попал на свой дар и талант, схватил шапку и под шумок ускользнул из квартиры. И когда все ужасы безначалия достигли своего последнего периода в взволнованных и доселе смиренных углах, дверь отворилась и внезапно, как снег на голову, появились сперва один господин благородной наружности с строгим, но недовольным лицом, за ним Ярослав Ильич, за Ярославом Ильичом его причет и все кто следует и сзади всех — смущенный господин Океанов. Господин строгой, но благородной наружности подошел прямо к Семену Ивановичу, пощупал его, сделал гримасу, вскинул плечами и объявил весьма известное, именно, что покойник уже умер, прибавив только от себя, что то же со сна случилось на днях с одним весьма почтенным и большим господином, который тоже взял да и умер. Тут господин с благородной, но недовольной осанкой отошел от кровати, сказал, что напрасно его беспокоили, и вышел. Тотчас же заместил его Ярослав Ильич (причем Ремнева и Зимовейкина сдали кому следует на руки), расспросил кой—кого, ловко овладел сундуком, который хозяйка уже пыталась вскрывать, поставил сапоги на прежнее место, заметив, что они все в дырьях и совсем не годятся, потребовал назад подушку, подозвал Океанова, спросил ключ от сундука, который нашелся в кармане пьянчужки—приятеля, и торжественно, при ком следует, вскрыл добро Семена Ивановича. Всё было налицо: две тряпки, одна пара носков, полуплаток, старая шляпа, несколько пуговиц, старые подошвы и сапожные голенища, — одним словом, шильце, мыльце, белое белильце, то есть дрянь, ветошь, сор, мелюзга, от которой пахло залавком; хорош был один только немецкий замок. Позвали Океанова, сурово переговорили с ним; но Океанов был готов под присягу идти. Потребовали подушку, осмотрели ее: она была только грязна, но во всех других отношениях совершенно походила на подушку. Принялись за тюфяк, хотели было его приподнять, остановились было немножко подумать, но вдруг, совсем неожиданно, что—то тяжелое, звонкое хлопнулось об пол. Нагнулись, обшарили и увидели сверток бумажный, а в свертке с десяток целковиков. "Эге—ге—ге!" — сказал Ярослав Ильич, показывая в тюфяке одно худое место, из которого торчали волосья и хлопья. Осмотрели худое место и уверились, что оно сейчас только сделано ножом, а было в пол—аршина длиною; засунули руку в изъян и вытащили, вероятно, впопыхах брошенный там хозяйский кухонный нож, которым взрезан был тюфяк. Не успел Ярослав Ильич вытащить нож из изъянного места и опять сказать "эге—ге!" — как тотчас же выпал другой сверток, а за ним поодиночке выкатились два полтинника, один четвертак, потом какая—то мелочь и один старинный здоровенный пятак. Всё это тотчас же переловили руками. Тут увидели, что недурно бы было вспороть совсем тюфяк ножницами. Потребовали ножницы...

Между тем нагоревший сальный огарок освещал чрезвычайно любопытную для наблюдателя сцену. Около десятка жильцов группировалось у кровати в самых живописных костюмах, все неприглаженные, небритые, немытые, заспанные, так, как были, отходя на грядущий сон. Иные были совершенно бледны, у других на лбу пот показывался, иных дрожь пронимала, других жар. Хозяйка, совсем оглупевшая, тихо стояла, сложив руки и ожидая милостей Ярослава Ильича. Сверху, с печки, с испуганным любопытством глядели головы Авдотьи—работницы и хозяйкиной кошки—фаворитки; кругом были разбросаны изорванные и разбитые ширмы; раскрытый сундук показывал свою неблагородную внутренность, валялись одеяло и подушка, покрытые хлопьями из тюфяка, и, наконец, на деревянном трехногом столе заблистала постепенно возраставшая куча серебра и всяких монет. Один только Семен Иванович сохранил вполне свое хладнокровие, смирно лежал на кровати и, казалось, совсем не предчувствовал своего разорения. Когда же принесены были ножницы и помощник Ярослава Ильича, желая подслужиться, немного нетерпеливо тряхнул тюфяк, чтоб удобнее высвободить его из—под спины обладателя, то Семен Иванович, зная учтивость, сначала уступил немножко места, скатившись на бочок, спиною к искателям; потом, при втором толчке, поместился ничком, наконец еще уступил, и так как недоставало последней боковой доски в кровати, то вдруг совсем неожиданно бултыхнулся вниз головою, оставив на вид только две костлявые, худые, синие ноги, торчавшие кверху, как два сучка обгоревшего дерева. Так как господин Прохарчин уже второй раз в это утро наведывался под свою кровать, то немедленно возбудил подозрение, и кое-кто из жильцов, под предводительством Зиновия Прокофьевича, полезли туда же с намерением посмотреть, не скрыто ли и там кой—чего. Но искатели только напрасно перестукались лбами, и так как Ярослав Ильич тут же прикрикнул на них и велел немедленно освободить Семена Ивановича из скверного места, то двое из благоразумнейших взяли каждый в обе руки по ноге, вытащили неожиданного капиталиста на свет божий и положили его поперек кровати. Между тем волосья и хлопья летели кругом, серебряная куча росла — и боже! чего, чего не было тут... Благородные целковики, солидные, крепкие полуторарублевики, хорошенькая монета полтинник, плебеи четвертачки, двугривеннички, даже малообещающая, старушечья мелюзга, гривенники и пятаки серебром, — всё в особых бумажках, в самом методическом и солидном порядке. Были и редкости: два какие—то жетона, один наполеондор, одна неизвестно какая, но только очень редкая монетка... Некоторые из рубликов относились тоже к глубокой древности; истертые и изрубленные елизаветинские, немецкие крестовики, петровские монеты, екатерининские; были, например, теперь весьма редкие монетки, старые пятиалтыннички, проколотые для ношения в ушах, все совершенно истертые, но с законным количеством точек; даже медь была, но вся уже зеленая, ржавая... Нашли одну красную бумажку — но более не было. Наконец, когда кончилась вся анатомия и, неоднократно встряхнув тюфячий чехол, нашли, что ничего не гремит, сложили все деньги на стол и принялись считать. С первого взгляда можно было даже совсем обмануться и смекнуть прямо на миллион — такая была огромная куча! Но миллиона не было, хотя и вышла, впрочем, сумма чрезвычайно значительная, — ровно две тысячи четыреста девяносто семь рублей с полтиною, так что если б осуществилась вчера подписка у Зиновия Прокофьевича, то, может быть, было бы всего ровно две тысячи пятьсот рублей ассигнациями. Денежки забрали, к сундуку покойного приложили печать, хозяйкины жалобы выслушали и указали ей, когда и куда следует представить свидетельство насчет должишка покойного. С кого следовало взяли подписку; заикнулись было тут о золовке; но, уверившись, что золовка была в некотором смысле миф, то есть произведение недостаточности воображения Семена Ивановича, в чем, по справкам, не раз упрекали покойного, — то тут же идею оставили, как бесполезную, вредную и в ущерб доброго имени его, господина Прохарчина, относящуюся; тем дело и кончилось. Когда же первый страх поопал, когда схватились за ум и узнали, что был такое покойник, то присмирели, притихнули все и стали как—то с недоверчивостью друг на друга поглядывать. Некоторые приняли чрезвычайно близко к сердцу поступок Семена Ивановича и даже как будто обиделись... Такой капитал! Этак натаскал человек! Марк Иванович, не теряя присутствия духа, пустился было объяснять, почему так вдруг заробелось Семену Ивановичу; но его уж не слушали. Зиновий Прокофьевич что—то был очень задумчив, Океанов подпил немножко, остальные как—то прижались, а маленький человечек Кантарев, отличавшийся воробьиным носом, к вечеру съехал с квартиры, весьма тщательно заклеив и завязав все свои сундучки, узелки, и холодно объясняя любопытствующим, что время тяжелое, а что приходится здесь не по карману платить. Хозяйка же без умолку выла, и причитая и кляня Семена Ивановича за то, что он обидел ее сиротство. Осведомились у Марка Ивановича, зачем же это покойник свои деньги в ломбард не носил?

— Прост, матушка, был; воображения на то не хватило, — отвечал Марк Иванович.

— Ну да и вы просты, матушка, — включал Океанов, — двадцать лет крепился у вас человек, с одного щелчка покачнулся, а у вас щи варились, некогда было!.. Э—эх, матушка!..

— Ох уж ты мне, млад—млад! — продолжала хозяйка, — да что ломбард! принеси—ка он мне свою горсточку да скажи мне: возьми, млад—Устиньюшка, вот тебе благостыня, а держи ты младого меня на своих харчах, поколе мать сыра земля меня носит, — то, вот тебе образ, кормила б его, поила б его, ходила б за ним. Ах, греховодник, обманщик такой! Обманул, надул сироту!..

Приблизились снова к постели Семена Ивановича. Теперь он лежал как следует, в лучшем, хотя, впрочем, и единственном своем одеянии, запрятав окостенелый подбородок за галстух, который навязан был немножко неловко, обмытый, приглаженный и не совсем лишь выбритый, затем что бритвы в углах не нашлось: единственная, принадлежавшая Зиновию Прокофьевичу, иззубрилась еще прошлого года и выгодно была продана на Толкучем; другие ж ходили в цирюльню. Беспорядок всё еще не успели прибрать. Разбитые ширмы лежали по—прежнему и, обнажая уединение Семена Ивановича, словно были эмблемы того, что смерть срывает завесу со всех наших тайн, интриг, проволочек. Начинка из тюфяка, тоже не прибранная, густыми кучами лежала кругом. Весь этот внезапно остывший угол можно было бы весьма удобно сравнить поэту с разоренным гнездом "домовитой" ласточки: всё разбито и истерзано бурею, убиты птенчики с матерью, и развеяна кругом их теплая постелька из пуха, перышек, хлопок... Впрочем, Семен Иванович смотрел скорее как старый самолюбец и вор—воробей. Он теперь притихнул, казалось, совсем притаился, как будто и не он виноват, как будто не он пускался на штуки, чтоб надуть и провести всех добрых людей, без стыда и без совести, неприличнейшим образом. Он теперь уже не слушал рыданий и плача осиротевшей и разобиженной хозяйки своей. Напротив, как опытный, тертый капиталист, который и в гробу не желал бы потерять минуты в бездействии, казалось, весь был предан каким—то спекулятивным расчетам. В лице его появилась какая—то глубокая дума, а губы были стиснуты с таким значительным видом, которого никак нельзя было бы подозревать при жизни принадлежностью Семена Ивановича. Он как будто бы поумнел. Правый глазок его был как—то плутовски прищурен; казалось, Семен Иванович хотел что—то сказать, что—то сообщить весьма нужное, объясниться, да и не теряя времени, а поскорее, затем, что дела навязались, а некогда было... И как будто бы слышалось: "Что, дескать, ты?

154

перестань, слышь ты, баба ты глупая! не хнычь! ты, мать, проспись, слышь ты! Я, дескать, умер; теперь уж не нужно; что, заправду! Хорошо лежать—то... Я, то есть, слышь, и не про то говорю; ты, баба, туз, тузовая ты, понимай; оно вот умер теперь; а ну как этак, того, то есть оно, пожалуй, и не может так быть, а ну как этак, того, и не умер — слышь, ты, встану, так что—то будет, а?"

www.ingramcontent.com/pod-product-compliance
Lightning Source LLC
Chambersburg PA
CBHW011512170626
46810CB00009B/3329